Telse Maria Kähler

Der zweite Wind

Kurzgeschichten

Bibliografische Information der Deutschen Nationalbibliothek:
Die Deutsche Nationalbibliothek verzeichnet diese Publikation in der Deutschen Nationalbibliografie; detaillierte bibliografische Daten sind im Internet über http://dnb.dnb.de abrufbar.

© 2016 Telse Maria Kähler

Covergestaltung: Marco Kähler

Herstellung und Verlag:
BoD – Books on Demand, Norderstedt

ISBN: 978-3-7412-9615-4

Inhalt

Der Sprung ins kalte Wasser 7
Raumleere 12
Zauber eines Neuanfangs 21
Edle Häuptlinge … 26
Das Leben ist ein Strom 37
Brücken bauen 42
Die Sandwichfrau 48
Flugzeuge im Bett.. 58
Kommunikation mit dem Frühstücksei 71
Versunken im Meer des Selbstmitleids............ 75
Tatsachentreffen... 83
Der zweite Wind.. 93
Weihnachten darf so sein 99
Der Beschwerdebrief 107
Das eiserne Gesetz.. 114
Gleicher Art 120
Das Buch mit sieben Siegeln 125
Schwarze Tulpen 131
Gib jedem Tag eine Chance.............................. 136
Über die Autorin 141
Weitere Bücher 143

Der Sprung ins kalte Wasser

Jeder Weg, so heißt es, beginnt mit dem ersten Schritt, und Veränderungen im Alltag werden sichtbar, wenn wir beginnen, selbst aktiv zu werden. Tinas Veränderungen begannen mit einem Sprung ins kalte Wasser.

Es war Frühling. Die Sonnenstrahlen des Märztages hatten den Schnee zum Schmelzen gebracht. Das erste zarte Grün eroberte die Wälder und Wiesen. Es war schon später Nachmittag, als Tina sich aufmachte, um ihren Hund Titus an die frische Luft zu führen. Sie kannte den Weg. Jeden Tag ging sie diesen Weg – einmal – zweimal –, manchmal auch noch öfter. Mechanisch setzte sie einen Fuß vor den anderen und ließ ihren Gedanken freien Lauf.

Tina dachte an ihre Kindheit und erinnerte sich, wie sehr sie es als Kind geliebt hatte, über die Felder und Wiesen zu streifen – ganz allein, mit dem Mut sich auszuprobieren. Als Kind, wenn die Länge der Beine jedes Jahr zunimmt und die körperlichen Veränderungen die eigene Geschicklichkeit immer aufs Neue auf die Probe stellen, ist alles stets neu. Deshalb wollen die Hindernisse des vergangenen Jahres nach einem langen Winter erneut erobert und erprobt werden. Kurz, man will einfach wissen: Gelingt es mir oder klappt es immer noch nicht?

Die Hindernisse, die Tina bei ihren Streifzügen durch die Natur zu überwinden hatte, bestanden aus Gräben, Bächen und Zäunen.

Sie liebte es, zu klettern und zu springen. Wie ein junges Fohlen, das zum ersten Mal die Freiheit einer Weide erlebt und voller Übermut hin und her galoppiert, so befiel die kleine Tina jedes Mal im Frühling die unbändige Abenteuerlust eines Kindes vom Lande. Mutig baute sie sich Brücken aus Zweigen, probierte aus, wie breit ein Bach sein durfte, um ohne nasse Füße ans andere Ufer zu gelangen, und sang lauthals Kinder- und Weihnachtslieder, denn sie war ja allein. Niemand beobachtete sie – niemand hörte zu.

In diesen Stunden, in denen sie ganz allein durch die Wiesen und Wälder streifte, lebte Tina ihre andere Seite, eine Seite, die sie in ihrer Familie und der Schule nicht zeigen durfte, denn sie war ja ein Mädchen und „Mädchen machen so etwas nicht", hieß es – jedenfalls damals.

An diese schönen Stunden dachte die große Tina, als sie sich mit ihrem schwarzen Hund dem Waldrand näherte. Titus, ein Mischlingshund, an dessen Vorfahrenmix unübersehbar ein Labrador beteiligt gewesen war, entpuppte sich als unbändiges Energiebündel. Zuhause jedoch, wenn er unter ihrem Schreibtisch liegen durfte, war er lammfromm. Genau wie Tina liebte er die Streifzüge durch die Natur. Titus war jung, voller Lebenslust und Neugier und vor allem, er war ein guter Springer. Kein Gartenzaun war ihm zu hoch.

Der Rückweg ihres ausgedehnten Spaziergangs führte die beiden an der Riede entlang, einem Bach, der den Ort mit seinen Häusern von den angrenzenden Ländereien trennte. Die Schneeschmelze im Harz hatte bereits eingesetzt. Das Frühjahrshochwasser hatte den Bach anschwellen lassen. Fast sah er aus wie ein kleiner Fluss, denn die Strömung war stark und das sonst kleine, still vor sich hin plätschernde Rinnsal war durch das Hochwasser ziemlich breit geworden.

Tina blieb stehen. Immer noch die Bilder ihrer Kindheit vor Augen, blitzte plötzlich der unbändige Wunsch in ihr auf, über diesen Bach zu springen.

„Tina, du bist fünfundvierzig, nicht zwölf!", rief sie sich zur Ordnung. Doch der ermahnende Monolog verhallte ohne Wirkung. Es half nichts. Eine prickelnde Welle Abenteuerlust machte sich in ihrem Bauch breit. Ein Kribbeln, so als würden tausend Schmetterlinge darauf warten, freigelassen zu werden.

„Schaffe ich es? So breit ist der Bach doch gar nicht, schließlich habe ich lange Beine. Nein – er ist zu breit! Mit einem kleinen Anlauf – das schaffe ich doch spielend!"

Von einem Moment zum anderen war aus der vernünftigen erwachsenen Frau und Mutter die kleine Tina geworden – die Tina, der der Schalk im Nacken saß. Wie lange hatte sie sich nicht mehr so ausprobiert? Etwas vollkommen Sinnloses gemacht? Einfach nur so – nur, weil es Spaß macht? Ihr kam es vor, als wären diese Zeiten der Unbefangenheit und Lebenslust schon ewig her.

Tinas Augen nahmen Maß. Dann nahm sie Anlauf, rief „Hopp", um Titus zum Springen zu motivieren, und sprang.

Ein Ruck, ein Platsch und schon saß Tina mitten im eiskalten Wasser. Titus stand am Ufer. Neugierig beobachtete er Tina.

Titus war ein guter Springer. Stundenlang hatte Tina mit ihm in der Hundeschule das Springen über Hindernisse geübt und beide hatten viel Spaß dabei gehabt.

Doch jetzt stand er seelenruhig da und wartete. Die Hundeleine hatte Tinas Schwung abgebremst und schwupps, schon war sie mitten im Bach gelandet und hatte sich vor lauter Schreck gleich hingesetzt.

Da saß sie nun in den eiskalten Fluten. Voller Entsetzen sah sie zu Titus hinüber. Das war das Zeichen. Titus nahm Anlauf und sprang zu ihr ins kalte Wasser. Freudestrahlend paddelte er um sie herum, als würde er rufen: „Na, habe ich das nicht fein gemacht?"

Mitten in diesem Malheur wurde sich Tina der Komik dieser Situation bewusst. Erst zaghaft, dann immer lauter begann sie zu lachen. Das kalte Wasser prickelte auf ihrer Haut und die mit Wasser vollgesogene Winterkleidung machte ihre Bewegungen schwerfällig. Etwas mühsam zog sie sich an Land. Nun schüttelten sich beide – Hund und Frauchen.

Immer noch lachte Tina. „Was mögen wohl die Nachbarn denken, wenn sie mich so sehen?", fragte sie sich. Egal – so viel Spaß hatte sie lange nicht mehr gehabt!

Quietschfidel und tropfend zogen beide nach Hause – Tina und Titus.

Noch heute erzählen Tinas Kinder die Geschichte von dem Sprung in die Riede, und wie sie ihrer Mutter die Tür öffneten und Tina vollkommen durchnässt und vollkommen albern vor ihnen stand. Noch heute freuen sich die inzwischen erwachsenen Kinder, wenn sie von dem „Sprung ins kalte Wasser" berichten. Ob sie wohl ahnen, dass Tinas Sprung so viel mehr war als ein kleiner Unfall?

Mit diesem Sprung ins kalte Wasser an einem Frühlingstag Anfang März sprang Tina ins Leben zurück – in ein Leben voller Lebensfreude und Abenteuerlust.

Raumleere

Nicht dass sie sich beklagt hätte. Und doch, sie vermisste ihre Kinder. So anders war ihr Leben geworden, seitdem Nadja und Leon ausgezogen waren.

„Vernünftig sein! Ja, meine Liebe, du weißt, Abschiede gehören zum Leben. Eines Tages sind die Kinder groß und dann müssen sie ihr eigenes Nest bauen. Ihr eigenes Leben gestalten!" Wie oft hatte Lena diesen Satz schon vor sich hin gesagt. Die erhoffte Wirkung ließ auf sich warten – immer noch.

„Was ist nur los mit mir?", fragte sie sich, denn gerade heute vermisste sie ihre beiden Lieblinge besonders arg.

„Eigentlich war ich doch froh, dass sie endlich auszogen. Diese ewige Hinterherräumerei. Und dann immer dieses Genörgel, nur weil sie wieder einmal nicht damit einverstanden waren, was ich gekocht hatte. Und doch – sie fehlen mir so!", seufzte sie. Sie dachte an die endlosen Diskussionen am Esstisch, die sich um Gott und die Welt drehten und zuweilen sehr hitzig verliefen. Ihr fehlten die Erlebnisberichte der Kinder. Jeden Tag brachten sie neue Geschichten mit nach Hause. Wie oft kamen sie voller Wut und Frust aus der Schule, weil etwas schiefgelaufen war, dann wieder voller Glück und Freude. Sie vermisste ihr Lachen, ihre Stimmen.

Es ist erstaunlich, wie leer ein Haus sein kann, wenn der Nachwuchs ausgeflogen ist. Alles fühlte sich so anders an, seitdem sie nicht mehr hier wohnten. Bisher war Lena nie bewusst geworden, wie viel Raum ein Mensch ausfüllen kann. Jetzt spürte sie diese Leere fast körperlich.

Ihr Mann hatte an diesem Tag Termine, so war sie allein, wieder einmal allein. So allein.

„Wie ruhig es doch ist und leer – so leer!", dachte sie traurig. Nachdenklich zündete sie sich eine Kerze an. Dann setzte sie sich in ihren Lieblingssessel und lauschte in die Stille.

„Jetzt habe ich die Ruhe, die ich mir immer so sehnlichst gewünscht habe." Dieses Gefühl war neu für Lena. Unwillkürlich dachte sie an die vielen Menschen, die alleine lebten.

„Ich habe nie alleine gelebt", stellte sie fest. Ihr Leben verlief immer eingebettet in eine große Familie. „Wie wird es mir wohl ergehen, wenn ich einmal ganz alleine leben muss?", fragte sie sich. „Ich fühle mich heute schon so einsam!" Ein sehr unerquicklicher Gedanke.

Ihr Blick glitt über die Wohnzimmereinrichtung und blieb an den einzelnen Möbelstücken hängen. Alte Geschichten tauchten in ihrem Kopf auf. Erinnerungen an Zeiten, in denen die Kinder klein waren. Sie hatten das Sofa nie wirklich als Sitzmöbel genutzt, eher als Trampolin oder Kuschelecke. Manchmal auch als Ablage für Spiele oder Schulhefte. Dieses Wohnverhalten hatte Spuren hinterlassen. Seltsamerweise störten Tina diese Gebrauchsspuren heute kaum, sie hatten eher etwas Tröstliches.

„Wie schnell die Jahre vergehen, merkt man erst, wenn man zurückblickt", dachte sie. „Der ganze zwischenmenschliche Reichtum, das liebevolle Miteinander trotz Auseinandersetzung und Reibungsverluste wird einem plötzlich bewusst. Und man stellt fest, wie schön diese Zeit war. Steckt man mitten drin, registriert man diese Lebendigkeit und Freude kaum – man lebt einfach so vor sich hin." Lena seufzte.

„Lebe ich wirklich? Oder bin ich viel zu oberflächlich? Immer nur auf das Morgen bedacht?", fragte sie sich. Dieser Gedanke hatte etwas Erschreckendes.

Leben schreitet nur in eine Richtung voran – vorwärts. Stunden, die gewesen sind, sind vergangen. Kaum ist der Moment gekommen, schon ist er wieder vorbei, ist Vergangenheit – nur noch eine Erinnerung. Was kommt, ist erst Zukunft, dann das Jetzt und schon vorüber. Festhalten lassen sich diese Momente nicht, nur in unseren Erinnerungen existieren sie weiter. Doch Erinnerungen sind trügerisch. Sie verändern, schönen, mildern ab oder betonen über. Erinnerungen sind Bilder, die immer neu entstehen, immer ein wenig anders, weil wir heute anders fühlen, anders denken. Erinnerungen sind nie gleich.

„Heute erinnere ich mich gerne, blende alle Dinge aus, die mich damals belastet haben. Ich will nur das Schöne sehen, das, woran mein Herz hängt", flüsterte sie.

Leise Tränen liefen ihr über das Gesicht. „Will ich die vergangene Zeit zurückholen, sie noch einmal erleben?", fragte sie sich. Stumm schüttelte sie den Kopf: „Nein!"

Nein, nicht weil Lena diese Zeiten nicht geliebt hätte oder weil sie ihre Kinder nicht lieben würde, sondern nein, weil es für sie selbst keinen Sinn ergeben würde. Eine neue Lebensphase hatte begonnen und in diese Phase passten keine kleinen Kinder, höchstens Enkelkinder, aber nicht mehr diese Dauerbereitschaft, dieses permanente Verfügbarsein, wie es kleine Kinder nun einmal benötigen, um gesund groß werden zu können.

„Ich war glücklich, Mutter sein zu dürfen. Nun bin ich Mutter zweier erwachsener Kinder. Ich liebe meine Freiräume einfach zu sehr, als dass ich sie wieder aufgeben möchte!", stellte sie fest.

Ihr jetziges Leben eintauschen gegen etwas Gewesenes, gegen abgelebte Zeiten? Nein, danach stand ihr nicht der Sinn. Etwas in Lena begann sich zu verändern. Eigenartig.

„Eigenartig, wenn ich an mein jetziges Leben denke, fühlt sich der Raum um mich herum nicht mehr so leer an", stellte sie fest. Vorsichtig spürte sie in ihr Inneres. Je mehr sie sich mit ihrer jetzigen Lebenssituation und ihren Plänen beschäftigte, desto mehr schien sich der leere Raum zu füllen.

Stille, Ruhe, Harmonie. Wie durch ein Wunder gelang es ihr, für einen Moment ein Gefühl des Friedens und der Besinnlichkeit zu genießen, sich ihm voll hinzugeben. Was für ein kostbarer Augenblick in einem sonst so turbulenten Leben.

„Ich kann mich den Erinnerungen hingeben, ohne mich selbst zu verlieren!", stellte Lena fest.

Ihre Kinder gingen ihr nicht verloren, so wie es ihr Herz oft fürchtete, wenn der Gedanke „Nun bin ich überflüssig" wieder einmal die Oberhand in ihrem Denken gewann. Nein, die Beziehung zwischen ihnen würde sich lediglich verändern! Und das war gut so, denn nun würde sich etwas Selbstbestimmteres, auf Augenhöhe Funktionierendes entwickeln.

„Die Liebe zu meinen Kindern bleibt immer gleich, egal ob sie hier im Raum sitzen oder sich gerade in Timbuktu aufhalten", flüsterte sie. Ein weiches Gefühl schlich sich in ihr Herz.

Unwillkürlich dachte Lena daran, wie mühsam sie das Muttersein geübt hatte und wie schwer es war, sich in die Rolle der Verantwortlichen einzufinden. Ein Baby zu versorgen und später ein Kleinkind über den Tag zu begleiten, stellte für Lena Tag für Tag eine neue Herausforderung dar. Ihr Kind sicher über den Tag zu bringen, während ihre Tochter und später ihr Sohn laufen lernten, auf dem Klettergerüst herumturnten, schwimmen übten und sich jeden Tag neu ausprobierten, ohne die Gefahren zu kennen oder auf ihre Warnungen zu hören, brachte sie oft an ihre persönlichen Grenzen. In solchen Zeiten trainiert man seinen Beschützerinstinkt, entwickelt ein ausgeklügeltes Kontrollsystem und muss seine Augen überall haben. Lagen die Kinder dann abends endlich im Bett, rieben sich ihre müden Augen und lauschten der Gute-Nacht-Geschichte, war wieder ein Tag geschafft.

Ja, für Lena war das Muttersein eine Aufgabe, die sie mühsam erlernen musste. Nie im Leben hatte es ihr so viel Freude bereitet Kummerkasten, Krankenpflegerin und Anwältin der Kleinigkeiten zu sein wie in dieser Zeit, und doch hatte es Zeit gebraucht, um dieses mütterliche Verhalten zu erlernen. Inzwischen hatte sie sich in ihre Rolle eingefunden und nun? Schon wieder veränderten sich ihre Aufgaben.

Einen geliebten Menschen aus der sorgsam erbauten Schutzzone zu entlassen, ihm den Freiraum zu geben, den er für seine Entwicklung braucht, ihm die Verantwortung für das eigene Erwachsensein selbst zu überlassen, kollidierte nicht selten mit den eigenen eingeübten Verhaltensweisen und einem Kontrollbedürfnis, das irgendwann einmal seine Berechtigung hatte.

Lena stutzte. „Vielleicht bedeutet die erwachsenen Kinder loslassen einfach nur, eigene, nicht mehr benötigte Verhaltensmuster loszulassen", dachte sie.

Kontrolle ersetzen durch Vertrauen. Vertrauen darauf, dass die Saat, die man im Leben der Kinder gelegt hatte, aufgegangen ist und jetzt ihre Kraft entfaltet. Eine Kraft, die sie in die Lage versetzt, ein eigenverantwortliches Leben zu führen.

Ab und zu würden sie zurückkehren ins elterliche Nest. Sie würden sich Kraft holen, vielleicht auch einmal ausruhen von ihrer Alltagslast. Sicher würden sie versuchen, für wenige Momente noch einmal Kind zu sein, um in ein Leben zu schlüpfen, in dem Verantwortung und Arbeitsalltag noch fern lagen und alles noch nicht so schwer war. Zu gewähren, die Nestwärme für wenige Momente zu genießen, hieß jedoch nicht, ihnen ihre Eigenverantwortung abzunehmen.

„Für ihr eigenes Leben sind erwachsene Kinder selbst verantwortlich." Diesen einfachen Satz ließ Lena sich noch einmal auf der Zunge zergehen.

„Ihn als Mutter zu leben ist schwer!", stellte sie fest. „Versteckt sich hierin vielleicht das Geheimnis hinter dem so einfach erscheinenden Wörtchen ‚loslassen'?"

„Sich wieder dem Eigenen zuwenden, der Partnerschaft neue Aufmerksamkeit schenken, niemand behauptet, dass das Abnabeln erwachsener Kinder für mich als Frau nicht auch neue Chancen bringen kann", sinnierte sie.

Frau sein, wie oft hatte sie sich dieses Gefühl vor lauter Mutter sein versagt?

„Vielleicht steht einfach nur ein Prioritätenwechsel an!", dachte sie, während sie aus dem Fenster sah und die vorbeifahrenden Autos beobachtete.

„Der Gedanke, abgeschrieben zu sein, sobald die Kinder das Elternhaus verlassen, könnte dann eingetauscht werden gegen ein einfaches Dasein, wenn man gebraucht wird. In der Zwischenzeit könnte man sich freuen, dass es ihnen gut geht und ich könnte dafür sorgen, dass es mir selbst gut geht!" Dieser Gedanke war neu. Er gefiel ihr.

„Aber warum bin ich dann so traurig?", fragte sie sich.

„Abschiede machen traurig", stellte sie fest.

„Wenn es normal ist, dass Abschiede traurig machen und das Ende einer Lebensphase auch ein Abschied darstellt, darf ich traurig sein", sagte sie sich.

Veränderungen haben viele Seiten. Das, was man verlässt, ist das Bekannte, das Gewohnte, das Leben, in dem man es sich bequem gemacht hat. Das, was nun kommt, ist neu, unbekannt – doch warum nicht auch voller Chancen? Genauso, wie es guttut, diese Chancen zu sehen und sich darauf zu freuen, dass etwas Neues kommt, ist es heilsam, vom Vergangenen Abschied zu nehmen. Tränen dürfen sein. Melancholie, Trauer, Wehmut, all das sind Gefühle, die diesen Prozess begleiten können und die, werden sie wahr- und ernstgenommen und gelebt, zur Lebensfülle und persönlichen Reife beitragen. Alles Themen, über die Lena sich noch nie Gedanken gemacht hatte.

„Gilt das auch für mich?", fragte sie sich.

„Ich lasse meine Verhaltensweisen als Mutter von kleinen Kindern los und tausche sie ein gegen die Liebe einer Mutter zu ihren erwachsenen Kindern", dachte sie. Sie lächelte, denn ihr wurde ganz warm ums Herz.

„Abschied nehmen kann also reich machen!", schmunzelte sie. Folglich hatte dieses Gefühl der Leere in diesem Erlebnisprozess einen Sinn. Wie sonst sollten Freiräume entstehen für Neues?

„Dieses Gefühl der Leere kann ich aushalten, denn jetzt weiß ich, es ist nicht vorbei, sondern es entsteht etwas Neues in meiner Beziehung zu den Kindern, etwas, was vielleicht noch viel schöner werden und viel tiefer gehen kann." Lena lächelte. In diesem Moment hatte sie ihre Traurigkeit eingetauscht gegen ein Gefühl des Einverstandenseins. Alles war gut so, wie es war. Alles war richtig und hatte seine Ordnung. Das Leben würde gut weitergehen.

Während sie sich verstohlen die restlichen Tränen aus den Augen wischte, klingelte es an der Haustür. Ihre Tochter stand vor der Tür.

„Mamilein", sagte sie, „kommst du mit zu Ikea? Ich weiß nicht, für welches Sofa ich mich entscheiden soll."

Ein liebevolles Lächeln glitt über Lenas Gesicht. Natürlich würde sie ihrer Tochter beistehen, wohlwissend, dass Nadja ganz andere Vorstellung von einem guten Möbeldesign hatte als sie.

Zauber eines Neuanfangs

Der Tag war nicht gut gelaufen. Tina hatte Ärger im Büro gehabt, und obwohl sie sich ihren Ärger von der Leber geredet hatte, war sie missmutig und überlaunig. Es war einer dieser Tage, die man gerne aus dem Kalender streichen würde.

Nachdem ihre Kinder flügge geworden waren und das elterliche Zuhause verlassen hatten, hatten sich Peter und Tina eine nur auf ihre Bedürfnisse zugeschnittene Wohnung gesucht. Beide waren sie froh darüber, wieder ein eigenes Reich zu haben, denn beide waren beruflich sehr eingespannt. Sie standen in der kleinen Küche ihrer Altbauwohnung, um das Abendessen vorzubereiten.

Schweigsam hantierte Tina vor sich hin, dann hielt sie plötzlich inne, blieb vor ihrem Mann stehen und sah ihn an. Tränen standen ihr in den Augen. Sie schluckte.

„Ich habe versagt!", seufzte sie theatralisch.

Peter sah seine Frau hilflos an. „Wieso hast du versagt?", fragte er. Manchmal war Tina ihm einfach ein Rätsel.

„Es ist mir nicht gelungen, meine Potenziale und Kompetenzen so einzusetzen, dass ich ein für mich ausreichendes Einkommen erwirtschafte", schimpfte sie. Schon lange war sie unzufrieden in ihrem Job, ohne genau zu wissen, woher ihre Unzufriedenheit rührte. Denn eigentlich war ja alles in Ordnung. Eigentlich ... Heute endlich brachte sie ihre Unzufriedenheit auf den Punkt.

„Ist denn das so wichtig? Uns geht es doch gut!" Peter sah ihr tief in die Augen, um zu ergründen, warum sie plötzlich so unglücklich war.

„Ja, für mich ist es wichtig. Ich wollte immer ein unabhängiges Leben führen! Und was habe ich erreicht? Ich bin abhängig!", quengelte sie. Ihre Stimme klang bitter. Peter wusste noch immer nicht, was er von diesem plötzlichen Gefühlsausbruch halten sollte.

„Aber du hast doch deinen Beruf und du verdienst doch dein eigenes Geld", antwortete er und verstand nicht, was Tina von ihm wollte.

„Nach Abzug aller Kosten und Steuern bleibt nicht viel mehr als ein Taschengeld für mich übrig und das versickert im Moloch unserer monatlichen Ausgaben", schimpfte Tina. Mit runtergezogenen Mundwinkeln und dicken Sorgenfalten auf der Stirn griff sie nach dem stehengebliebenen Geschirr vom Frühstück, um es in den Geschirrspüler zu räumen. Nichts auf der Welt könne sie aus diesem depressiven Tief heraushieven, dachte sie. Was für ein fürchterlicher Abend, was für eine bescheuerte Welt.

Tina hatte nicht mit Peter gerechnet. Sanft streichelte er ihr über den Rücken. Dann breitete er seine Arme aus, um sie in den Arm zu nehmen. Nachdenklich sah er sie an.

„Ich liebe dich!", sagte er. „Ich liebe dich, so, wie du bist. Und es macht mir überhaupt nichts aus, dass du ein unfertiges Wesen bist und du noch nicht gelernt hast, deine Potenziale so einzusetzen, dass du glücklich und zufrieden bist. Ich liebe dich, gerade weil du so ein unfertiges Wesen bist, ein sehr bezauberndes Wesen!", flüsterte er ihr ins Ohr.

Erst stiegen Tina Tränen der Rührung in die Augen, dann gewann der Zweifel Oberhand. Warum sagte er das? Nahm er sie nicht ernst?

Peter bemerkte Tinas Unmut und entließ sie aus der Umarmung.

„Tina, wenn dich das, was du jetzt beruflich machst, nicht glücklich macht, dann mache doch etwas anderes. Ich will dich gern dabei unterstützen!", sagte er ernst und liebevoll.

Fragend sah Tina ihn an. Jetzt war sie es, die irritiert dastand. So viel Verständnis hatte sie von ihrem Ehemann nicht erwartet. Sie wusste ja nicht einmal selbst, was sie an diesem Abend umtrieb, eine solche Szene zu veranstalten.

„Vielleicht ist dein Job nicht mehr das Richtige für dich. Vielleicht bremst du dich deshalb immer wieder aus", fuhr Peter fort. „Warum schaust du nicht einmal, ob es nicht etwas anderes gibt, bei dem du deine Kompetenzen erfolgreicher einsetzen kannst. Oder ob es ein Berufsfeld gibt, in dem du zufriedener sein kannst."

Misstrauisch sah Tina ihren Mann an. Meinte er das wirklich ernst?

„Du schlägst mir allen Ernstes vor, einen beruflichen Neustart zu wagen?", wollte sie wissen.

Er nickte: „Unzufriedenheit ist immer ein Zeichen dafür, dass sich etwas verändern muss. Das Leben bietet so viele Möglichkeiten. Warum probierst du nicht mal etwas Neues aus?"

„Und was?" Hilflos sah Tina ihren Mann an.

Peters Gesicht verzog sich zu einem Grinsen. „Ich wüsste da etwas!", sagte er verschmitzt und man sah ihm an, dass die nächsten Worte dazu gedacht waren, Tina zu foppen.

„Du könntest mir zum Beispiel das leckere Steak braten, das da auf mich wartet. Ich habe tierischen Hunger!", lachte er.

Tina stutzte. Unwillkürlich musste sie ebenfalls lachen. „Du denkst aber auch immer nur an das eine!", foppte sie zurück. Langsam zog sie sein Gesicht zu sich herunter. Liebevoll bedeckte sie seinen Mund mit vielen kleinen Küsschen, bis er sie fest in die Arme nahm und sie in eine richtige Knutscherei mit Fortsetzungsgeschichte verwickelte.

„Unfertiges Wesen!", lachte sie in sich hinein, als sie später in der Küche vor sich hin summte.

„Kompetenzen erfolgreicher einsetzen! Ja, warum eigentlich nicht? Vielleicht ist ein beruflicher Neustart wirklich eine gute Idee. Ich wollte immer schon mit Menschen arbeiten und nicht hinter einem Schreibtisch hocken", dachte sie, während sie den Tisch deckte. „Vielleicht sollte ich mich mal beraten lassen …!" Weiter kam sie nicht. Peter stellte eine große Schüssel Salat auf den Tisch, angelte nach der Pfanne mit den Steaks und gab dadurch das Startzeichen für das Abendessen.

Nach dem Abendessen gingen sie eine Runde um den Block. Dann holten sie sich eine Flasche Wein und machten es sich auf dem Sofa bequem.

„Erzähl mal, was wolltest du eigentlich werden, als du ein kleines Mädchen warst?", fragte Peter.

Tina lachte, strahlte und staunte über ihre zauberhaft kribbelnden Gefühle im Bauch, als sie Peter erzählte, dass sie als Kind eigentlich Busfahrerin werden wollte.

Edle Häuptlinge ...

„Anna, wie hast du Winnetou eigentlich kennengelernt?" Roberts grüne Augen schimmerten kristallklar in der Morgensonne. Erwartungsvoll sah er mich an.

Wer hätte gedacht, dass wir einmal als Paar zusammenleben würden. Robert hatte ich auf meiner Amerikareise kennengelernt. Damals, als ich auf der Suche nach meinen Koffern bei den Indianern war. Ein halbes Jahr später hatte ich Robert auf wunderbare Weise in Braunschweig wiedergetroffen und seitdem keine Nacht mehr alleine verbracht./*

„Du stellst Fragen", lachte ich. „Wie kommst du denn auf dieses Thema? Winnetou? Durch eine Fernsehzeitschrift. Ich glaube, ‚Bild und Ton' hieß sie. Meine Eltern hatten sie abonniert. Jede Woche gab es die Episode einer Fortsetzungsgeschichte mit Bildern, unter anderem die Bildgeschichte ‚Winnetou I' nach dem gleichnamigen Film."

Langsam stellte ich die Kaffeetasse auf den kleinen runden Tisch. Es war ein Sonntagvormittag im April. Wir saßen am Frühstückstisch im Erker meiner kleinen Dachgeschosswohnung in einer Braunschweiger Jugendstilvilla mit Blick auf den Stadtpark.

„Und du?", wollte ich wissen. Jetzt war ich es, die auf eine Antwort wartete. Lächelnd lehnte ich mich in meinem Sessel aus Rattan zurück und sah ihm in die Augen.

„Mit circa zehn Jahren bekam ich mein erstes Karl-May-Buch geschenkt. ‚Der Schut'. Von da an folgte zu jedem Geburtstag und Weihnachtsfest ein weiteres Buch, bis ich die Sammlung voll hatte", erzählte er stolz.

Ehrfurchtsvoll sah ich ihn an: „Du hast alle Bücher von Karl May?"

„Nur die Reiseerzählungen", sagte er und nickte.

„Und wie ist es dir ergangen? Warst du auch so enttäuscht, als du erfahren hast, dass Karl May nie in den Ländern gewesen ist, die er beschrieben hat?", wollte ich wissen.

„Wieso enttäuscht? Mich haben die Abenteuergeschichten interessiert und nicht Karl May." Ja, das war Robert. Für ihn war alles so klar, so einfach.

Für mich hatte das Thema Indianer immer noch eine eigenartige Brisanz, und das, obwohl ich meine Koffersuche eigentlich als abgeschlossen betrachtete.

„Meine Familie hat mich permanent damit aufgezogen. Ein Mädchen, das so gern Karl-May-Bücher liest? Meine Freundinnen und meine Schwester konnten es einfach nicht verstehen. Manchmal waren sie ziemlich hässlich zu mir, vor allem, als sie wussten, dass Karl May mal im Gefängnis gesessen hatte", seufzte ich.

Nachdenklich fügte ich hinzu: „Allerdings, die Erkenntnis, dass die Apachen keine edlen, mutigen und gerechten Krieger waren, sondern ziemlich grausam und hinterhältig, fand ich persönlich wesentlich misslicher!"

„Der Mythos des edlen Winnetous hat dich wohl ziemlich infiziert, was?", lachte Robert. „Dabei war der Schauspieler ein Franzose!", neckte er.

„Ja, ja, ich weiß! Aber damals fand ich ihn einfach nur süß. Er sah gut aus, konnte gut reiten und schießen und war soooo mutig. Außerdem setzte er sich immer für seine Freunde ein und kämpfte für die Gerechtigkeit. Dank seines Lehrers Kleikih-petras sprach er fließend Englisch und er hatte sogar einen Blutsbruder! Was willst du mehr?", schwärmte ich.

„Sag ich doch, ein Heldenepos erster Güte. Tröste dich, auch ich habe die Karl-May-Verfilmungen geliebt!" Robert grinste. Ich liebte es, wenn er mich so ansah – mit diesem Indy-Lächeln.

„Es war einfach eine schöne Zeit! Meine Freundin schenkte mir die Poster von Pierre Brice, Lex Barker, Marie Versini und den anderen Schauspielern der Karl-May-Filme - aus der Bravo. Mit ihnen tapezierte ich die Wände meines Jugendzimmers. Mein gesamtes Taschengeld floss in den Kauf von Kaugummi. Für eine kleine Weile drehte sich in meiner Kinderwelt alles nur um Winnetou und die Indianer im Wilden Westen."

Ganz in alten Erinnerungen schwelgend, griff ich nach einem Brötchen und begann es aufzuschneiden. Robert hatte sich ebenfalls zurückgelehnt. Aufmerksam sah er mir zu.

„Aha!", kam es von meinem Gegenüber. Robert schien sich aus einem mir unerfindlichen Grund sehr zu amüsieren.

„Wieso aha? Was meinst du damit?", fragte ich irritiert.

„Daher stammt also der Wunsch, in Amerika unbedingt nach einem Koffer bei den Indianern suchen zu müssen. So etwa Ähnliches hatte ich mir ja schon gedacht. Doch wofür brauchtest du so viel Kaugummi?"

„Der Beginn des Merchandising-Zeitalters!", konterte ich seinen Neckangriff. „In den Kaugummipackungen steckten Bilder aus den Filmen. Dazu gab es ein Sammelalbum. Ich hatte ganz schön zu kauen, bis ich mein Album voll hatte!"

Meine Eltern standen meiner Leidenschaft ziemlich ablehnend gegenüber. Ein Mädchen, das immerzu Kaugummi kaut? Ziemlich unattraktiv – und überhaupt, überall fände man die Reste meiner Kauerei, richtig ekelig sei das, schimpften sie. Heute konnte ich ihren Ärger verstehen, doch damals …

Langsam strich ich leckere Erdbeermarmelade auf mein Vollkornbrötchen. Robert nippte an seinem Kaffee. Neben der Kaffeetasse lag die Sonntagszeitung. Auch Robert gehörte leider zu den Kandidaten, für die ein Frühstück ohne Zeitunglesen kein gemütliches Frühstück ist. Ziemlich unerquicklich.

„Dann gehe ich recht in der Annahme, dass du selbstverständlich auch Cowboy und Indianer gespielt hast", wollte er nun mit einem gespielt ernsten Unterton wissen.

Ich nickte: „Du etwa nicht?"

Während ich ihn verschmitzt ansah, tauchten weitere Erinnerungen aus der Vergangenheit auf. Ich dachte an mein flottes, selbstgenähtes Indianerkostüm. Eine alte Arbeitshose meines Vaters hatte ich kurzerhand zur Indianerhose umfunktioniert. Für die

Fransen zerschnitt ich ein altes Bettlaken. Ein selbst gehäkeltes Haarband wurde dank Feder zum Indianerputz. Ich sah wirklich zum Fürchten aus!

An einem wunderschönen Tag im Sommer überreichte mir ein Jugendfreund, den ich damals ähnlich anhimmelte wie Winnetou, ein selbstgeschnitztes Messer mit einem Griff aus echtem Hirschgeweih und einer Klinge aus Holz. Ich war stolz wie Oskar.

Wir hatten Ferien. Unser Indianerstamm hatte auf einem verlassenen Bahngelände sein Lager errichtet. Einige Jahre zuvor wurden durch Rationalisierungsmaßnahmen der Deutschen Bundesbahn die Schienenbusse durch Überlandbusse ersetzt. Für das verwaiste Bahngelände fehlte den Erwachsenen ein vernünftiges Nutzungskonzept. Wir Kinder hatten das Problem längst gelöst. In diesem Sommer lagerte hier der Stamm der Wölfe.

Stolz stand ich oben auf dem Bahndamm, sah „Starken Wolf" tief in die Augen und konnte vor Aufregung kaum atmen. „Starker Wolf", so hieß Max damals, hatte extra „für mich" ein Messer angefertigt!

Kaum hatte „Starker Wolf" sich umgedreht und wollte wieder zu den anderen Indianern unseres Stammes gehen, erfasste mich eine dieser typisch Schleswig-Holsteinischen Windböen. Der Wind zerrte an der viel zu weiten Hose mit den Fransen. Ehe ich mich versah, verlor ich das Gleichgewicht. Schreiend kullerte ich den Bahndamm hinunter, das Holzmesser fest mit den Fingern umschlossen, und landete im Graben.

Oben auf dem Bahndamm bogen sich die Mitglieder meines Stamms vor Lachen. „Starker Wolf" kam den Abhang hinuntergesaust.

„Hast du dich verletzt?", fragte er besorgt.

Vorsichtig prüfte ich meine Knochen. Zum Glück war alles heil geblieben! Alles okay – wäre da nur nicht der Schreck gewesen, der mir die Tränen in die Augen trieb.

„Ein Indianer kennt keinen Schmerz", sagte ich mir immer wieder. Doch es half nichts. Nicht weinen dürfen, kann ganz schön schwirig sein.

„Vielleicht sollte ‚Kleiner Bär' erst einmal nach Hause gehen und sich trockene Hosen anziehen!", befand „Starker Wolf" würdevoll und half mir aus dem Morast des Grabens. Dann ging er zu den anderen Wölfen auf dem Bahndamm. Am liebsten wäre ich vor lauter Scham im Boden versunken. Beschämt trottete ich nach Hause.

Nachdem ich mich umgezogen hatte, fragte ich mich ernsthaft, ob ich weiterhin ein Indianer sein wollte. Mit Puppen spielen oder einfach nur lesen hatte doch auch seinen Reiz!

„Woran denkst du?", riss Roberts Stimme mich aus meinen Erinnerungen.

„Daran, dass ich als Kind immer ein starker Indianer sein wollte und nie eine Squaw, obwohl ich wunderschöne lange Zöpfe hatte", antwortete ich und versuchte mich wieder auf Robert zu konzentrieren.

„Hat dir die Rolle der Nscho-tschi nicht gefallen? Sie war doch wunderschön!", fragte Robert ironisch.

„Ich hatte keine Lust, den Männern den Wigwam auszufegen und ihnen das Süppchen zu kochen. Ich wollte reiten und mit Pfeil und Bogen schießen!", konterte ich angriffslustig.

„Ihr hattet Pferde?" Hörte ich da in Roberts Stimme einen Anflug von Bewunderung?

„Nein, leider nicht. Aber ich habe anschleichen geübt, ganz wie Karl May es in seinen Geschichten beschrieben hat. Vorsichtig erst die eine Körperseite belasten und dann ganz langsam den anderen Arm nach vorne schieben. Kennst du die Technik? Nicht? Nein …?", neckte ich ihn schelmisch.

Robert lachte, schüttelte verneinend den Kopf und hatte offensichtlich viel Spaß an den alten Geschichten.

„Und ein Boot hatten wir. Ein Boot mit einem Loch. Daher konnte es nicht richtig schwimmen und beim Frühjahrshochwasser ging es dann ganz unter. Ziemlich ärgerlich!", fuhr ich fort.

„Aufregende Jugend!", resümiert er. Zwischen Brötchenkrümel und Start in den neuen Tag eine wahrhaft geistreiche Äußerung.

„Ich kann nicht klagen", stimmte ich ihm zu. „So, jetzt bist du dran. Habt ihr auch Cowboy und Indianer gespielt?"

„Natürlich. Old Shatterhand hat mich schwer begeistert!", gab er zu.

„Jetzt sag nicht wegen des Bärentöters und des Henrystutzens …?", unterbrach ich ihn mit einer gespielt enttäuschten Stimme.

Sein unwiderstehliches Indy-Grinsen zog sich von einem Ohr zum anderen. Schon wieder machte er sich über mich lustig, und doch liebte ich ihn in diesem Moment mehr als alles andere auf der Welt.

„Jungen schießen nun mal gern. Auch mit Platzpatronen!", begann er. Während Robert begeistert von seinen Erlebnissen als Vorstadtcowboy berichtete, gingen meine Gedanken schon wieder auf Reisen.

Hatte er recht? War der verstärkte Wunsch, meinen Koffer bei den Indianern zu suchen, ein Relikt aus der Kindheit, aus der Zeit des Cowboy-und–Indianer-Spielens und den fantastischen Geschichten von Karl May?

Als hätte Robert meine Gedanken erraten, schob er mir die Sonntagszeitung hin. Er deutete auf einen Artikel. „Vor fünfzig Jahren starb Winnetou", stand da.

Daher wehte also Roberts plötzliches Interesse an meinen Jugendschwärmereien. Ich nahm die Zeitung und begann zu lesen:

„Vor genau fünfzig Jahren erschütterte der Tod Winnetous die Gemüter vieler Kinobesucher. Als der Film Winnetou III in den Kinos anlief, waren die Fans entsetzt. Noch heute haben sie die Szene von Winnetous Tod vor Augen: Winnetou liegt in den Armen seines Blutsbruders Old Shatterhand und flüstert die Worte ‚Winnetous Seele muss gehen …'". Dazu wiehert sein Pferd Iltschi, während die Glocken von Santa Fe erklingen.

Mit diesem Film begann eine Zäsur innerhalb der Karl-May-Reihe. Matthias Wendlandt von Rialto-Film berichtete: ‚Wir wurden mit Drohanrufen und Drohbriefen eingedeckt.' Der Schauspieler Rik Battalglia, der als Rollins den tödlichen Schuss auf Winnetou abgibt, berichtet Ähnliches: ‚Nicht ein Wunsch mehr für ein Foto oder ein Autogramm.' Auch fünfzig Jahre nach seinem Filmtod ist Winnetou unvergessen. In den Herzen seiner Fans lebt er immer noch weiter."

„Wieso? Wieso dieser Aufruhr?", fragte ich, nachdem ich den Artikel zweimal durchgelesen hatte. Ich verstand nicht, warum ein Film einen solchen Aufstand bei der Filmgemeinde verursachen konnte.

Nachdenklich sah Robert mich an. Er suchte nach einer Erklärung. Schließlich sagte er: „Jede Generation hat ihre Helden. Für uns, die erste Nachkriegsgeneration, waren es die Helden der Karl-May-Filme!"

„Ich verstehe nicht, was du damit meinst", gab ich zu.

„Der Krieg war noch nicht lange vorbei. Ich denke, deshalb war es für unsere Generation schwierig, in unseren Vätern und Großvätern Vorbilder zu finden. Der Krieg hat viel Elend gebracht. Das Gefühl von Gut oder Böse war völlig durcheinandergeraten. Es herrschte eine große Unsicherheit. Dann die ganze Schuldfrage, die wie ein Geier über allem schwebte. Ich kann mir gut vorstellen, dass es, was Helden anging, eine Zeit der Orientierungslosigkeit war. In dieses Vakuum platzten die Winnetou-Filme. Da bot es sich regelrecht an, dass sich viele Menschen aus unserer Generation mit Winnetou identifiziert haben."

„Natürlich, diesen stolzen Indianer zu lieben war unverfänglich, denn er war ja nur eine Filmfigur. Trotzdem war er mutig, tapfer und hilfsbereit. Er stand zu seinem Wort, alles das, wonach ein Menschenherz sich sehnt." Langsam begriff ich, dass auch ich mir eine Illusionsfigur geschaffen hatte.

„Wie ich schon sagte, jede Generation braucht ihre Vorbilder und ihre Helden. Für uns war es Winnetou!", wiederholte Robert.

„Ein Winnetou-Effekt? Er gehört zur Sozialisation der Nachkriegsgeneration und sein Tod markiert das Ende dieser Ära?", sinnierte ich. Robert nickte.

„Ja, ich denke, die Karl-May-Bücher und -Filme waren wichtige Elemente unserer Sozialisation. Sie gaben uns Halt und Hoffnung, dort, wo unsere Eltern uns diese Führung nicht geben konnten, weil sie durch den Krieg traumatisiert waren. Dafür spricht ebenfalls dieses überbetonte Schwarz-Weiß-Klischee. Immer wusste man genau, wer der Gute ist, und ganz wichtig: Das Gute hat immer gesiegt."

„Ich habe damals richtig geweint, weil ich es nicht fassen konnte. Als wäre ein realer Mensch gestorben", seufzte ich. Verständnisvoll sah Robert mich an.

„Trösten wir uns damit, dass in uns die Werte, die Winnetou verkörpert hat, weiterleben!", sagte Robert. Nachdenklich fügte er hinzu: „Und doch ist er nur eine Gestalt der Fantasie, an der sich kaum ein Mensch messen kann!"

Ich erschauerte bei diesem Gedanken. Film-Bilder, verbunden mit großen Emotionen – erst jetzt erfasste ich, wie viel Kraft solche Bilder haben.

Meine Koffer bei den Indianern – geboren aus der Fantasie? War ich nur einer Illusion hinterhergelaufen?! Seltsamerweise erzeugte diese Erkenntnis kein Gefühl des Bedauerns. Im Gegenteil, ich beglückwünschte mich, während meiner Amerika-Reise auf der 5th Avenue in New York den Entschluss gefasst zu haben, Winnetou in den Sonnenaufgang reiten zu lassen, um das Thema für mich endlich zu beenden. Und dann hatte ich Robert kennengelernt, eine Gestalt so real, dass ich mich manchmal kneifen musste, um zu begreifen, dass wirklich ich es war, die diese Lovestory erlebte.

/* Alles genau nachzulesen in dem Buch „Im Land der großen Wasser".

Das Leben ist ein Strom

Der Strom meines Lebens ist ein großer Fluss. Gemächlich fließt sein Wasser dem Meer entgegen. Sein Wasser ist braun, voller rotem, fruchtbarem Sediment und voller Leben, gesammelt auf einer langen Reise von der Quelle zum Jetzt.

An schönen Tagen, wenn die Sonne scheint, spiegelt sich der Himmel in der Wasseroberfläche. Dann ist sein Wasser tiefblau, ein blauer Strom, dessen Strömung mich zum Meer hin trägt.

Am Ufer gibt es flache Stellen. Dort ist das Wasser klar, so klar, dass man den Fischen beim Spiel zusehen kann, während die Libellen im Sonnenlicht tanzen.

Mein Fluss ist breit und sanft, ausufernd und lebensspendend, hat Stromschnellen und ruhige Buchten, will frei fließen, sich entfalten.

Ich wollte ihn begradigen, ihn in feste Muster zwängen, gab ihm Strukturen, die nicht die meinen waren. Ich wollte ihn eindämmen, seine Vielfältigkeit beschneiden, ihn nach meinem Willen formen, ihn mit vorgefertigten Plänen manipulieren – und vergaß, der Strom bin ich.

Wenn die Fluten meines Stroms über die Ufer treten, was dem Nil gleich jedes Jahr passiert, macht das nahrhafte Wasser die Erde fruchtbar. Alles beginnt zu wachsen und zu blühen.

Erfahrungen, Erlebnisse, Gefühle – als Staub manifestiert, treiben im Wasser meines Lebensstroms und nehmen mir die Sicht auf den Grund. Sie scheinen zu verschmutzen und machen ihn doch nur nahrhaft.

Viel Müll treibt im Wasser, Unrat, den andere mir einst zuwarfen und der jetzt im Wasser meines Lebens treibt – ohne Sinn. Wasser kann sich selbst reinigen – heilen –, kann ich es auch?

Es gibt Orte in meinem Lebensstrom, da schmeckt das Wasser bitter. Säureartige Flüssigkeit, unsichtbar zusammengehalten wie in blasenförmigen Gefäßen und doch so durchlässig und jederzeit bereit, sich mit dem nahrhaften Wasser des Flusses zu vermischen.

Gefangene Gefühle, einer ätzenden Säure gleich, haben das Potenzial, den Fluss meines Lebens zu vergiften. Das macht mir Angst.

Wenn ich mich wohlig dem Auf und Ab der Strömung überlasse, geborgen in dem Wissen, alles fließt und ich bin ein Teil davon, fühle ich mich wohl. Ich schwimme in meinem Lebensstrom und weiß, ich werde getragen, denn es ist mein Fluss, mein Leben – mein Schicksal.

Es gibt Biegungen, Windungen, wie ein Wurm schlängelt sich der Fluss durch die Landschaft, mal durch Ebenen, auf deren fruchtbarem Land mir blühende Bäume entgegenwinken, mal durch kahle Felsregionen, die durch ihre starre Schroffheit so viel Schönes in sich bergen, dass mir das Herz aufgeht.

Hier bin ich eingebettet, bekommt mein Lebensstrom eine feste Form. Hier muss er hindurch, ohne dass er über Veränderungen nachdenken kann. Jahr für Jahr. Immer gleich. Egal, ob quirlige Fluten sich zum Meer hin ergießen oder der Fluss nur wenig Wasser führt, auf diesem Teil der Reise ist alles vorgeprägt, vorbestimmt. Nur Jahrtausende lange Geduld schafft tiefere Rillen im harten Fels. Wasser ist geduldig. Es fließt und fließt.

Warum mache ich mir Gedanken, wie ich schneller oder besser sein kann? Der Fluss trägt mich in seiner Zeit ans Ziel.

Mit kraftvollen Bewegungen versuche ich mich seiner Strömung entgegenzustellen, will die Geschwindigkeit selbst bestimmen. Wenn hektisches Hin und Her mir die Kräfte raubt, mich erschöpft, vielleicht sogar krank macht und ich das Gefühl von Geborgenheit und Getragensein vergessen habe, bin ich dann noch ICH?

Gemächlich lasse ich mich treiben, verbunden mit der Weisheit der Natur, werde mir der Fruchtbarkeit meines Tuns bewusst. Getragen durch die Melodie des Lebens, fließe ich dem Meer entgegen, genieße die Sonne, den Regen, den Wind, den Schnee. Lasse mich tragen, bin eins mit mir und meinem Leben.

Die Strömung nimmt an Geschwindigkeit zu. Nicht immer ist das Leben ein gemächliches Dahingleiten. Manche Lebensphasen zeichnen sich durch eine schnellere Gangart aus. Familie, Freunde, Beruf – das Management der vielen Kleinigkeiten, der Alltag mit seiner Geschäftigkeit –, wie Stromschnellen hindern sie mich am sanften Dahingleiten.

Jahre verrinnen, als wären sie ein Tag. Hindernissen gleich tauchen Krisen auf. Der Nebel hielt sie lange verborgen, nun stehen sie vor mir, groß und erschreckend. Voller Angst kämpfe ich hektisch mit dem Wasser, als hätte ich mich in einem unsichtbaren Netz verfangen. Will mich befreien, will frei sein! Und bewirke doch das Gegenteil.

Mein angstvolles Aufbäumen gegen die Fluten, ein Kampf, den ich nicht gewinnen kann. Auch durch die Krisen trägt mich der Strom des Lebens mit seiner Kraft, mit seiner Güte. Ich muss ihm vertrauen, ihm zutrauen, dass das Leben es gut mit mir meint.

Dem Untergang nah, vom Kämpfen müde, vom Gegen-den-Strom-Schwimmen enttäuscht, ergebe ich mich – lasse los – gebe mich hin. Nun fließe ich wieder, werde getragen, kann die Sonne auf meiner Haut spüren. Krisen kommen und gehen – alles fließt. Im Strom meines Lebens kann ich schwimmen, mich von der Strömung ziehen lassen – weiter, weiter dem Meer entgegen.

Eine Insel taucht auf – mitten im Strom. Welchen Weg soll ich nehmen? Links oder rechts? Oder will ich verweilen? Auf dem Trockenen sitzen? Wenn sich die Fluten teilen, muss ich mich entscheiden, will ich mich entscheiden. Nur wenn ich den Weg selbst wähle, habe ich Lust zu gestalten. Weiter, weiter – der Freude entgegen.

Meinem Lebensstrom ist es egal, wie ich mich entscheide. Er trägt mich dem Meer entgegen, nur das ist sein Ziel. Welche Hindernisse ich wähle, wie schnell ich schwimme, ob ich tauche oder verweile, ist ihm nicht wichtig – er fließt in seinem eigenen Rhythmus.

Ich schwimme nach links, will das Unbewusste erkunden, tauche zum Grund, schaue mich um. Entdecke Geheimnisse, gerate in Angst. Mein Strom trägt mich weiter, doch mein Herz sucht nach Halt.

Panik erfasst mich, ich schreie nach Hilfe, ergreife den rettenden Ast und klammere mich fest. Nun gibt der Baumstamm mir Halt. Ich vergesse zu schwimmen für lange, lange Zeit.

Der Strom trägt mich weiter, bis ich erwache. Dann lasse ich los, kann wieder schwimmen – aus eigener Kraft. Fühle meine Stärke, höre auf zu fragen und lasse mich tragen.

Die Nacht küsst den Morgen, der Morgen den Tag. Nur wenn ich selbst schwimme, bin ich geborgen und frei im Strom meines Lebens.

Brücken bauen

Emilia von Gandershausen war eine kleine, drahtige Frau Mitte fünfzig. Ihr dunkles, fast schwarzes Haar trug sie kurz geschnitten. Trotz dieser sportlichen Note wirkte sie streng und sehr beschäftigt. Ganz in Gedanken versunken stand sie im Supermarkt, mit einer Einkaufsliste für den Wocheneinkauf in der Hand.

Ihre Tochter Melli hatte sich angekündigt – Melli, Jörg, Micha und die kleine Sally. Emilia freute sich auf den Besuch ihrer Tochter mit den Enkelkindern. Nun gab es viel zu tun, denn sie wollte gut vorbereitet sein, wenn ihre Gäste eintrafen. Ärgerlicherweise hatte sich Philipp, Emilias Ehemann, gerade heute mit seinen Freunden verabredet. Die Männer wollten erst Bosseln und dann Grünkohl essen.

Emilia stoppte vor dem Obstregal.

„Mal schauen, was mir noch fehlt", dachte sie. Voll auf ihren Einkaufszettel konzentriert, schob sie ihre Lesebrille zurecht.

„Zwiebeln und Kartoffeln, Kaffee und Kakao für die Kleinen, Kekse und Schokolade, Eisbergsalat und Tomaten, die kleinen Cherry-Tomaten natürlich, die isst Sally so gern! – So viel zu tun. Ich weiß gar nicht, wo ich anfangen soll", seufzte sie, während sie den Eisbergsalat in die Hand nahm und auf Frische prüfte.

„Vielleicht sollte ich einen Kuchen backen. Melli kommt so selten. Sie wird sich sicherlich freuen.

Nusskuchen mag sie besonders gerne", dachte Emilia und legte den Eisbergsalat in den Einkaufswagen.

Langsam und bedächtig schob sie den Wagen zur nächsten Regalreihe. In ihrem Kopf ratterte es. „Also noch Eier und Nüsse und Rum-Aroma." Emilia backte gerne. Die Auflistung der Backzutaten bereitete ihr Freude. Ihr Herz lachte, während sie an den frisch aus dem Ofen kommenden, wunderbar nach Nuss duftenden Kuchen dachte.

„Wie gehe ich am besten vor, wenn ich nach Hause komme? Erst auspacken und die frischen Sachen in den Kühlschrank legen. Dann schnell staubsaugen und die Küche wischen. Oder erst das Bad saubermachen und die Betten beziehen?", fragte sie sich. Diese Auflistung verursachte ihr ein unangenehmes Bauchgefühl, allein weil Emilia nicht wusste, wie sie strategisch am geschicktesten vorgehen sollte. Alles sollte doch rechtzeitig vor dem Eintreffen ihrer Tochter samt Familie fertig sein.

„Wie soll ich das nur alles schaffen? Und ausgerechnet heute ist Philipp nicht da und kann mir nicht helfen!", sinnierte sie.

„Und steht mir nicht vor den Füßen rum!", kam ihr in den Sinn. Sie schmunzelte.

„Er enttäuscht mich und ich bin froh, dass er nicht da ist!" Emilia musste lächeln, bemerkte, wie sich ihre Wut auf Philipp verflüchtigte.

„Ich bin enttäuscht und ich bin froh!", flüsterte sie leise, sodass niemand es hören konnte. „Geht das?"

Inzwischen stand Emilia vor dem Regal mit Kaffee und Kakao. Sie fühlte sich gut, gar nicht mehr so angespannt wie noch vor fünf Minuten.

„Lustig, ich bin froh, dass er nicht da ist!" Diese Erkenntnis wog ebenso viel wie ihre Enttäuschung, dass ihr Mann ausgerechnet heute etwas mit seinen Freunden unternehmen wollte.

„Seltsam", dachte Emilia, „durch diese Erkenntnis fühle ich mich irgendwie besser!" Langsam ging sie weiter. Eier und Butter, Zucker und gemahlene Nüsse und noch etliche andere Backzutaten wanderten aus den Regalen in den Einkaufswagen.

„Und dann gehe ich zur Kasse und dann lade ich alles ins Auto und dann fahre ich nach Hause und lade alles wieder aus!" Spielerisch übte sich Emilia im Aneinanderketten von Tätigkeiten. Diese Ansammlung von UNDs zauberte kein Lächeln in ihr Gesicht.

„Vielleicht, weil es eine reine Aneinanderreihung von Tätigkeiten ist. UND ist schließlich ein Bindewort. Es bindet Sachen, Eigenschaften und Tätigkeiten zusammen. Aus meinen einzelnen Lebensmitteln macht es Einkäufe, aus den vielen Tätigkeiten Arbeit!", philosophierte sie, während sie weiterging.

Aber hatte sie vor nur wenigen Minuten nicht mit dem Wörtchen UND jongliert und hatte ihr nicht genau diese Aneinanderreihung von Dingen zu einem guten Gefühl verholfen?

„Wie funktioniert das?", wollte sie nun wissen. Konzentriert versuchte sie sich an ihre Gedanken von eben zu erinnern.

„Er enttäuscht mich, weil er nicht da ist, und ich bin froh, dass er nicht da ist! Dass ich enttäuscht bin, ist Realität. Dass ich froh über seine Abwesenheit bin, auch."

Dieses UND hatte eine Brücke gebaut. Es hatte etwas Ärgerliches mit etwas Erfreulichem verbunden und so etwas Neues daraus gemacht. Es hatte sozusagen die Gewichtung der Gegensätze aufgehoben. Dieses UND war eine Brücke und verursachte keinen Haufen.

Emilia war eine sehr vernünftige Frau, die keiner Sache leicht Glauben schenkte. Alles musste genau durchdacht und geprüft werden. Ein weiteres Beispiel musste her. Was machte ihr noch zu schaffen, vor allem mit Blick auf das bevorstehende Wochenende?

„Jörg ist ein Schnacker. Immerzu muss er reden!", fiel ihr ein. Diesen Charakterzug an ihrem Schwiegersohn konnte sie nicht leiden. Permanent war Jörg bemüht, sich in den Mittelpunkt jeder Unterhaltung zu stellen. „Und er kann wundervoll kochen!", dachte sie und grinste. Plötzlich kam ihr eine wagemutige Idee.

„Eigentlich könnte er doch für uns kochen. Dann könnten Melli und ich in Ruhe einen Spaziergang machen und wir hätten endlich auch mal ein wenig Zeit für uns." Darf man so etwas von seinem Besuch erwarten? Warum nicht? Es könnte klappen, wenn sie sich trauen würde, ihn zu fragen. Und das Fragen kostete ja nichts. Schließlich hatte er die Chance, NEIN zu sagen, und dann könnte man weitersehen.

„Die Kleinen sind fürchterlich laut und so unordentlich! Und ich liebe sie so sehr", versuchte sie es weiter. Nun gut, so eine Brücke war wohl nicht gemeint. Es gibt wohl kaum eine Oma, die ihre Enkelkinder nicht liebt.

„Philipp ist fürchterlich griesgrämig. Und er ist ein liebevoller Opa, sobald er die Kinder sieht. Dann ist er wie verwandelt."

„Ja, das ist eine gute Idee", dachte Emilia. „Philipp kümmert sich um die Kinder, Jörg kocht und ich gehe mit Melli um den Tankumsee!" Unwillkürlich lachte sie vor lauter Vorfreude.

„Ich mache so gerne Pläne und bin dann enttäuscht, wenn meine Familie von meinen Plänen nicht so begeistert ist wie ich selbst!" Wieder ein Widerspruch. Diesmal jedoch einer, der sie auf den Boden der Tatsachen zurückholte.

„Meine Familie ist schrecklich anstrengend und ich liebe sie so sehr!", versuchte Emilia es erneut.

„Es ist immer so viel Arbeit und ich bin jedes Mal fix und fertig, wenn sie wieder weg sind. Und ich freue mich riesig, wenn sie kommen und wenn ich mit den Kindern spielen kann. Ich mag es, wenn Melli so ein wenig Zeit für sich hat und ich plötzlich wieder spüren kann, dass wir eine Familie sind."

Das kleine Wörtchen UND bekam an diesem Vormittag im Supermarkt eine neue Aufgabe in Emilias Gedankenwelt. Auch als sie schon längst zu Hause war und mit der Hausarbeit begonnen hatte, war sie gedanklich immerzu dabei, UND-Brücken zu bauen. Für alles, was sie aufregte und worüber sie sich ärgerte, suchte sie eine weitere Eigenschaft, etwas, das sie erfreute. Dabei ging ihr die Hausarbeit richtig flott von der Hand. Und plötzlich war der Nachmittag vorbei und die Arbeit getan. Sogar am Abend fühlte sich

Emilia nicht wie üblich ausgebrannt und unzufrieden, sondern glücklich und voller Vorfreude auf den kommenden Tag.

Als sie am Abend im Bett lag, dachte sie noch einmal über den vergangenen Tag nach. Melli, ihre Tochter Melanie! Schon als Kind hatte Melli einen starken Willen. Mit ihrer Schreierei brachte sie Emilia viele Male an den Rand ihrer Geduld. Mellis pubertäre Jahre? Ja, was soll man sagen, einfach war etwas anderes. Emilia brachte kaum etwas aus der Ruhe. Melli schaffte es spielend. Ihre Experimentierfreude als junge Erwachsene entsprach in keiner Weise der Lebensart einer gut erzogenen Tochter. Saß da vielleicht noch etwas Bitterkeit fest?

„Melli", dachte Emilia, nachdem sie sich ertappt hatte, „sie bringt mich so oft an den Rand des Wahnsinns UND sie schenkt mir die schönsten Stunden meines Lebens!"

Emilia hatte ein wunderbares Wort entdeckt. Dieses fabelhafte Wort konnte Gegensätzen ihren Schrecken nehmen, das eigene Gefühlschaos heilen und Frieden bringen. Es ist ein ganz einfaches Wort und doch kann es Brücken bauen.

Das Wörtchen UND.

Die Sandwichfrau

Ruhig und konzentriert sah Marlene in ihre Kaffeetasse, emsig bemüht, den Kaffeegrund ausfindig zu machen. Ein sinnloses Unterfangen. Dunkelbrauner Kaffee vermischt mit Milch ergibt eine cremigbraune Flüssigkeit, undurchsichtig für das menschliche Auge.

„Sandwichfrau" – Marlene schob diesen Begriff von der einen Seite ihres Gehirns zur anderen, abstrahierte ihn, betrachtete ihn von allen Seiten. Die Tageszeitung lag vor ihr auf dem Tisch. In ihr ein Artikel über die Sandwich-Generation.

„Jetzt gibt es also eine wissenschaftliche Bezeichnung für uns. Wie nett!", schmunzelte sie. „Ich bin nicht mehr allein. Nein, es ist das Phänomen einer ganzen Generation!", philosophierte sie ironisch. „Alle befinden sich in der gleichen Situation. Ihr Alter: von vierzig bis sechzig. Eingebunden zwischen Pflege und Unterstützung der bedürftig werdenden Eltern auf der einen Seite und der Unterstützung der Kinder, die durch die langen Ausbildungszeiten immer noch am Tropf des Elternhauses hängen, auf der anderen Seite meistern sie selbstverständlich gleichzeitig Beruf und Haushalt. Darf ich vorstellen, die Sandwichfrauen!", spöttelte sie innerlich. Bedächtig schob sie die Zeitung beiseite. Sie schaute aus dem Fenster. Missmutig versuchte sie, ihrer Ironie Zügel anzulegen.

„Ist schon was dran!", dachte Marlene, während sie den aufziehenden Regen beobachtete. „Auch Caroline und Max befinden sich im Studium und wollen und wollen nicht fertig werden." Unwillkürlich musste sie an die vielen Ausgaben denken, die nicht enden wollten und dadurch ihr Leben ziemlich beschwerlich machten.

„Aber wir geben ja gerne!", sinnierte sie, eigentlich, um sich zu beruhigen. Im gleichen Moment merkte sie, dass an diesem Gedanken etwas nicht stimmte.

„Die Kinder sollen es doch besser haben als ihre Eltern!" Wie oft hatte sie diesen Satz schon gedacht. Heute verfehlte er seine beruhigende Wirkung völlig. Woher kam eigentlich dieser komische Satz?

An diesem Morgen hatten diese Worte den Beigeschmack eines gesellschaftlichen Dogmas, das nicht mehr in die jetzige Zeit zu passen schien. Trotzdem folgten ihm fast alle Eltern.

„Was bleibt einem denn anderes übrig? Willst du nicht aus der Konformität der sozialen Ordnung fallen, tanzt du diesen Tanz mit, behauptest sogar, es mache Spaß und man tue es gerne. Ansonsten? Böse Eltern!", dachte Marlene bissig.

Besser gehen? „Geht es mir denn gut? Wirklich gut?", fragte sie sich. Nur dann würde ein Besser doch Sinn machen. „Wenn es mir schlecht gehen würde, dann wäre ein Gut für Caroline und Max vielleicht ausreichend", grübelte sie weiter. „Nicht dieser endlose Marathon Schule, Praktikum, Studium, Praktikum … und das alles auf den Schultern der Eltern, auf meinen Schultern."

Marlene gehörte zu den Frauen, die die Erfüllung eigener Wünsche bisher für ihre Kinder gerne zurückgestellt hatte. Ganz selbstverständlich unterstützte sie die Berufsziele ihrer Kinder, betrachtete es als Karriereplanung. Nun, nach Ablauf einiger Jahre, zermürbte sie diese Endlosigkeit und diese Maßlosigkeit eines Anspruches, den alle für ganz selbstverständlich zu halten schienen. Niemand sah, welche Opfer es den Eltern abverlangte.

Es war nicht so, dass Marlene ihre Kinder nicht gern unterstützt hätte, im Gegenteil. Und doch fragte sie sich, ob sie bei dem ganzen Spiel wirklich eine freie Wahl gehabt hatte? Eigentlich müssten die Kinder mit Ende zwanzig doch längst unabhängig sein und eigenes Geld verdienen.

Während sie ihre Kaffeetasse in der Hand hielt, drängte sich in ihr der Eindruck auf, es handle sich um eine Verpflichtung, die ihr auferlegt worden war – einer ganzen Generation von Eltern aufgebürdet wurde – und der sich kaum einer entziehen konnte. Denn alle machten mit! Eltern unterstützen ihre Kinder! Das ist doch ganz selbstverständlich!

Wo waren die Zeiten, in denen das bedeutete: Schule, Beruf, Ende. Dann waren die Kinder flügge, selbstständig. Spätestens mit Anfang zwanzig konnten sie für sich selbst sorgen.

Heute waren fünfundzwanzig bis dreißig Jahre Unterstützungsarbeit nichts Ungewöhnliches, meist verbunden mit finanziellen Zuwendungen. „Fünfundzwanzig Jahre für Caroline, und weil Max erst drei Jahre später geboren wurde, noch einmal drei Jahre dazu. Achtundzwanzig Jahre!", dachte Marlene. „Mein halbes Leben."

Marlene und Klaus hatten spät geheiratet. Als Caroline geboren wurde, war Marlene fast dreißig. Sie hatte eine kaufmännische Berufsausbildung abgeschlossen und arbeitete als Sekretärin. Kinderkrippen gab es damals noch nicht. Kindergartenplätze waren rar. Also gab Marlene nach Carolines Geburt ihre Berufskarriere auf. Als Max geboren wurde, hatten sich die Aussichten auf einen Kindergartenplatz verbessert. So kam Max mit drei Jahren in den Kindergarten, Caroline besuchte die Schule und Marlene probierte den Wiedereinstieg in die Berufswelt.

Der Anfang war schwer, sehr schwer. Nach etlichen Jahren Familienarbeit hatte sich im Sekretariatswesen vieles verändert. Es fiel Marlene nicht leicht, im Berufsalltag wieder Fuß zu fassen. Sie besuchte Kurse und Seminare und nutzte die Abendstunden, um ihr Wissen aufzufrischen. Natürlich konnte sie nur halbtags arbeiten, denn eine verlässliche Grundschule gab es noch nicht. Die innere Zerrissenheit zwischen Berufstätigkeit, Kinderbetreuung und Haushalt machte ihr zu schaffen. Der Alltag war anstrengend. Insbesondere die Zeiten, in denen die Kinder krank waren, brachten sie an die Grenzen der Belastbarkeit.

Wie schnell doch die Jahre vergangen waren. Marlene beneidete Klaus nicht, der Tag für Tag dafür sorgte, dass das Grundeinkommen für ihre kleine Familie gesichert war. Auch er brachte Opfer, musste viel arbeiten. Marlenes Verdienst nutzten die beiden für die notwendigen Investitionen, die Klassenfahrten und die Studiengebühren. Einmal im Jahr gönnten sie sich eine kleine Reise.

Warum sah niemand, dass Familienarbeit Arbeit, harte Arbeit ist? Aus ökonomischer Sicht ist Familienarbeit ein Scheiß-Job. Kein Feierabend, kaum Urlaub, immer einsatzbereit, alles vollkommen unbezahlt.

Und doch war Familie für Marlene das größte Glück auf Erden. Mit niemand hätte sie tauschen wollen. Sie liebte es, ihre Kinder und ihren Mann zu umsorgen.

Kleine Kinder zu umsorgen ist etwas anderes, als große Kinder zu unterstützen. Von kleinen Kindern bekommen Mütter jeden Tag so viel Liebe zurück, dass die Quelle der Kraft selten versiegt.

„Kleine Kinder, kleine Sorgen. Große Kinder, große Sorgen", dachte Marlene. Zu den Sorgen gehörten die Geldsorgen. Beide Kinder im Studium. Dazu die Bafög-Regelungen, die wenig Spielraum für Eigenes ließen, zumal, wenn man sich in finanziellen Grenzgebieten bewegt.

„Durchhalten! Wir tun es für unsere Kinder!" So blieb Marlene in ihrem Job, den sie längst nicht mehr liebte, und bekam von ihren Kindern: „Ja, was soll man sagen. Sie sind erwachsen. Sie müssen ihr eigenes Leben gestalten!" Mit diesem Spruch versuchte ihr Verstand, den Riss in ihrem Herzen zu kitten.

Das, was sich Marlene als Projekt Familie vorgestellt hatte, in dem sich Geben und Nehmen im Einklang befinden, hatte sich zu einer Einbahnstraße entwickelt.

Marlene seufzte, rührte mit dem Kaffeelöffel in der Kaffeetasse. Vielleicht würde sich ja mit etwas

Bewegung der Boden der Tasse endlich zeigen. Bewegung?

Wieviel Bewegungsfreiheit bleibt einem, wenn das finanzielle Korsett eng geschnürt ist? Klaus träumte von einem neuen Auto, Marlene von einer Kreuzfahrt.

Jeden Freitag ging Marlene zum Yoga. Die bewusste Wahrnehmung des Körpers, Yogaübungen und das rhythmische Atmen sollten ihr helfen, wieder bei sich selbst anzukommen und ihre Stressbeschwerden zu reduzieren. Ein weiteres Pflaster, das die Wunden verdeckte, zur Heilung ihres Unwohlseins jedoch wenig beitrug.

Für einige Zeit ging es Marlene tatsächlich besser. Dann hatte ihre Schwiegermutter einen kleinen Unfall. Nichts Schlimmes. Sie war im Badezimmer gestürzt und hatte sich die Hand gebrochen. Der Vater von Klaus war seit zehn Jahren tot. Seine Mutter lebte seitdem allein.

Marlene hätte es für vermessen gehalten zu behaupten, Klaus würde die Sorge um seine Mutter ihr überlassen. Er tat sein Bestes. Und doch klebten die vielen Kleinigkeiten, angefangen bei den Handreichungen des Alltags, den Arztbesuchen bis zu den Behördenschreiben, an Marlene wie eine Fliege am Honigbrot. An das gemeinsame Kaffeetrinken und das einfach ein bisschen Reden, um die Einsamkeit der alten Frau zu lindern, wollte sie gar nicht erst denken.

Sie tat es ja auch gerne, erinnerte sich an den Vertrag der Generationen über das Geben und Nehmen, wollte ihren Teil leisten, denn die Eltern von

Klaus hatten dem jungen Ehepaar mit kleinen Kindern oft und viel geholfen. Und nun waren eben sie dran.

Marlene reduzierte ihre Stundenzahl im Job. Trotzdem musste sie ihren Tag straff organisieren, damit es allen gut ging. Allen? Wirklich allen? Ihrem Körper ging es schon längst nicht mehr gut.

„Wo bleibe ich?", fragte Marlene sich. Unglücklich lehnte sie sich auf ihrem Stuhl zurück und sah aus dem Fenster. Tränen schossen ihr in die Augen. Wie es sich anfühlt, entspannt und voller Freude zu sein, hatte sie längst vergessen.

Wehmütig erinnerte sie sich daran, wie stolz sie darauf gewesen war, sich als junge Frau den Beruf selbst aussuchen zu können. Sie wusste, in der Generation ihrer Mutter war das längst noch keine Selbstverständlichkeit gewesen. Marlene war froh, einen eigenen Beruf zu haben. Eigenes Geld verdienen zu können – unabhängig zu sein. Das eigene Geld floss in die Familie. Unabhängig von ihrem Mann war sie – wenn es hart auf hart kam. Ja, dann würde sie überleben können. Irgendwie.

Manchmal fragte sich Marlene, wie viel Freiheit sie bei der Wahl ihrer Berufskarriere denn wirklich gehabt hatte. Sie wollte Kinder und hatte sich für eine Familie entschieden. Dieses Anliegen hatte ihre Berufskarriere ganz entschieden mitgeprägt.

„Eigentlich sorge ich mit dieser Entscheidung ja fürs Gemeinwohl. Ich habe künftige Steuerzahler großgezogen und sorge zusätzlich dafür, dass sie gut ausgebildet sein werden", dachte sie. „Vollkommen unentgeltlich erledige ich diesen Job!"

„Freie Wahl? Welch ein Schwindel", seufzte Marlene. „Eine Augenwischerei, die man fein herausgeputzt hatte, nur um zu vertuschen, dass die Frauen meiner Generation trotz der ganzen Emanzipationsbewegung immer noch nicht fair behandelt werden."

Fair wäre, wenn der Staat die Arbeit in der Familie – vor allem, wenn in dieser Familie Kinder heranwachsen – und die erwerbsmäßige berufliche Tätigkeit einer Frau gleichbehandeln würde. Der Verzicht auf eine Vollzeit-Berufstätigkeit zu Gunsten der körperlichen und geistigen Gesundheit ihrer Kinder wurde quittiert mit geringeren Rentenansprüchen. Nun segelte Marlene trotz aller Bemühungen und Kraftanstrengungen sanft einer Altersarmut entgegen.

Natürlich, sie hätte sich anders entscheiden können. Statt Familienarbeit und Ruhepol für die Familie, hätte sie den ganzen Tag ihrem Beruf nachgehen können. Doch dann hätte sie ihre Kinder in fremde Hände geben müssen! Kleine Kinder brauchen ihre Mutter, zumindest in den ersten drei Jahren, die Jahre, die als die wichtigsten in der Persönlichkeitsentwicklung eines Menschen gelten. Statt ihren Kindern Fürsorge und Liebe zu geben, hätte sie dann womöglich Bindungsstörungen und Trennungstraumata riskieren müssen. Nein, dieser Preis war ihr zu hoch gewesen!

Alle ihre Entscheidungen hatte Marlene wohlüberlegt getroffen. Es waren gute Entscheidungen gewesen, in deren Mittelpunkt immer das Wohl ihrer Familie stand. Auch aus heutiger Sicht würde sie sich immer wieder genau so entscheiden.

Und doch hatte sie eine Komponente in diesem Spiel außer Acht gelassen – sich selbst. Dass sie genauso gut für sich selbst hätte sorgen müssen, wie sie es für die anderen tat, hatte sie bei dem ganzen Stress aus den Augen verloren.

Marlene musste an einen Artikel in einer Frauenzeitschrift denken. Dort hatte sie gelesen, dass es zur Natur des Menschen gehören würde, dass jeder zuallererst an seine eigenen Belange denkt. Sobald man dies als Frau erst einmal als Tatsache begriffen hätte, würde man auch verstehen, warum man bei seinen Mitmenschen immer nur an zweiter Stelle steht. Wollte man langfristige Unerquicklichkeiten für das eigene Leben vermeiden, wäre man gut beraten, sich immer gut um seine eigenen Belange zu kümmern.

„Die Verantwortung für mich, meinen Körper, meine Gefühle, meine seelische Verfassung und für meine eigenen finanziellen Belange muss ich in die eigenen Händen nehmen!", stellte Marlene fest. Das war nichts Neues. Sie hatte es immer gewusst, es sogar für selbstverständlich gehalten. Doch irgendwann hatte sie angefangen, es einfach zu vergessen.

Sich dieser Tatsache neu zu stellen, fiel Marlene nicht leicht, obwohl sie an diesem Vormittag die Diskrepanz zwischen Wunsch und Wirklichkeit glasklar erkennen konnte. Sie schluckte, denn es tat weh.

„Es ist mein Leben", resümierte Marlene. Dann machte sie sich bewusst, dass sie das Wertvollste war, was sie in ihrem Leben besaß und dass sich jeder Aufwand lohnen würde, ihrer Selbstfürsorge eine neue Chance zu geben.

„Endlich ein Weg, meinen Frustgefühlen Adieu zu sagen", flüsterte Marlene. „Sie haben doch tatsächlich schon fleißig damit begonnen, Bitterkeit in mein Herz zu pflanzen!" Wieder lehnte sie sich auf ihrem Stuhl zurück, diesmal sehr entspannt. Und plötzlich sah sie sich selbst vor ihrem inneren Auge – als Sandwichfrau.

Oben drückten die Kinder, unten die Alten, zwischen diesen beiden Weißbrotscheiben auf einem grünen Salatblatt lag sie als Mettwurstscheibe, begleitet von einer Scheibe Käse, das war Klaus. Die würzige, mayonnaiseartige Sandwichcreme, die dieses ganze Konstrukt schmackhaft machen sollte, war ihr Leben. So lag sie da, unfähig, sich viel zu bewegen, gehalten und getragen, zerquetscht und zermalmt, bis schließlich nichts mehr von ihr übrig blieb. Ein Sandwich eben.

„Achtzig Prozent der Frauen sind mit ihrer Situation zufrieden", stand in dem Zeitungsartikel. Marlene nippte an ihrem Kaffee. Er schmeckte bitter.

Flugzeuge im Bett

Zögernd folgte ich Robert ins Haus – sein Haus. Er bewohnte eine Doppelhaushälfte in Melverode, einem Stadtteil von Braunschweig.

„Von hier aus kann man wunderbar am Südsee joggen", hatte er mir auf der Autofahrt erzählt.

Zugegeben, ich war ziemlich neugierig, was mich wohl erwarten würde. Seit Robert und ich ein Paar geworden waren, hatten wir die meiste Zeit in meiner kleinen Wohnung verbracht. Es war also mein erster Besuch in seinem Reich. Entsprechend aufgeregt war ich und irgendwie war mir ganz mulmig.

Nach der Trennung von Rolf, meinem Ex-Ehemann, hatte ich eine Wohnung direkt am Braunschweiger Stadtpark bezogen. Nach zwanzig Jahren Braunschweiger Vorort mit dörflichem Charakter lebte ich jetzt in einer kleinen, komfortablen Dachgeschosswohnung mit einem wunderbaren Blick auf den Park. Meine eigene kleine Wohnung!

Robert hatte ich auf meiner Amerikareise kennengelernt. Seltsamerweise entpuppte er sich als der Mann meiner Träume. Das ist jetzt kein Scherz. Kurz vor meiner Amerika-Tour träumte ich, dass ich in Nordamerika einen Mann treffen würde, der mich während meiner Suche nach den Koffern bei den Indianern unterstützt. Eigentlich hatte ich ja gehofft, es würde sich dabei um einen echten Indianer handeln, ein Nachfahre der Native People of America.

Manchmal kam mir auch der Gedanke, bei diesem Mann könne es sich womöglich um den Schauspieler Val Kilmer selbst handeln, der Mann, der als Schauspieler in meinem Nachtkino die Hauptrolle übernommen hatte. Falsch gedacht. Stattdessen stolperte ich immer wieder über Robert. Diese Reise war ein Selbsterfahrungstrip, deshalb hatten Männer auf dieser Reise eigentlich nichts zu suchen! Trotz des Traumes. Naja, und irgendwie war ich ja auch verheiratet. Deshalb ließ ich damals die Finger von Robert.

Bereits ein halbes Jahr nach meiner Rückkehr aus den Staaten hatte sich meine kleine Welt komplett verändert. Ich hatte Rolf verlassen, eine eigene kleine Wohnung bezogen und Robert wiedergetroffen. Gleich bei unserem ersten Wiedersehen machte er mir einen Heiratsantrag. Das versteht natürlich nur, wer die Vorgeschichte kennt. Doch mit seinen schlichten Worten: „Willst du meine Frau werden?", brachte er mein Leben vollends durcheinander. Obwohl ich mir fest vorgenommen hatte, nach jahrzehntelanger Ehe abstinent zu leben, verbrachte ich nun keine Nacht mehr allein. Trotzdem vermied ich alle Gespräche über eine Hochzeit.

Sechsundzwanzig Jahre hatte ich an der Seite eines Mannes verbracht, in den ich während der ersten Jahre unserer Ehe wahnsinnig verliebt gewesen war. Und doch bröckelte diese Liebe – Stück für Stück. Ausschlaggebend für die Trennung von Rolf war sein Verhältnis mit Nadine Schumacher, einer Kollegin aus dem Stadtrat. Weil diese Entdeckung nur der berühmte letzte Tropfen gewesen war, der bekanntlich jedes Fass zum Überlaufen bringt, hielt sich mein Abschiedsschmerz in Grenzen.

Die Amerikareise hatte mich verändert. Ich war bereit, neue Wege zu wagen. Und vor allem, ich wollte keine Halbheiten mehr. Halbherzig hatte ich lange genug gelebt.

Das war wohl auch der Grund, warum ich mich immer wieder fragte, ob es wirklich eine gute Idee sei, mich so schnell wieder an einen Mann zu binden. Binden? Ich wollte frei sein, endlich selbst bestimmen, was ich tun wollte.

Robert ging mit einem so bemerkenswerten Selbstverständnis mit unserer Beziehung um, dass ich nur staunen konnte. Für ihn schien es keine Fragen zu geben. Er hatte sich entschieden. Punkt. Zögern und Zweifel – Fehlanzeige. Für ihn schien alles einfach und klar zu sein. Doch ich, Anna, wusste immer noch nicht, ob ich mich mit meiner ganzen Person auf diese Beziehung einlassen sollte. An diesem sonnigen Sonntagmorgen waren wir nach Melverode gefahren, um einige Sachen für Robert zu holen.

Neugierig darauf, endlich ein wenig mehr über den Mann zu erfahren, in den ich mich verliebt hatte, betrat ich sein Haus. Hier lebte er also, wenn er nicht bei mir war.

Ein kleiner Flur, helle Farben, modernes Interieur und an der Wand ein eingerahmtes Poster mit dem Bild von einem Doppeldecker. Alles in Schwarzweiß, sehr geschmackvoll. Das Bild gefiel mir gut. Irgendwie erinnerte es mich an den Film Casablanca mit Humphrey Bogart.

Robert öffnete eine Glastür. Ich folgte ihm ins Wohnzimmer.

„Was ist das?", fragte ich erstaunt. Fast wäre ich über ein circa zweieinhalb Meter großes Flugzeug gestolpert.

„Eine Pitts Special, ein Kunstflugdoppeldecker!", kam es wie beiläufig von Robert. Zielstrebig ging er in Richtung Terrassentür, zog schwungvoll die Vorhänge beiseite und öffnete die Tür, um frische Luft in den Raum zu lassen.

„Aha ...!" Ich wusste, dass Flugzeuge üblicherweise ihr Zuhause in einem Hangar auf einem Flugplatz haben. Was also suchte dieses Ding im Wohnzimmer meines Geliebten?

„Ein bisschen klein, um selbst damit zu fliegen!", spottete ich.

Robert kniete vor der großen Schrankwand und durchsuchte seine CD-Sammlung. Nun stand er auf und sah mich an.

„Findest du?", fragte er und grinste. Oh, wie sehr ich dieses verschmitzte Indy-Grinsen doch liebte!

Ich nickte. „Und als Wohnzimmerdekoration etwas zu sperrig!", sagte ich.

„In der Tat, da muss ich dir recht geben!", konterte er. Wir sahen uns an. Nun musste auch ich lachen.

„Was sucht solch ein Pitt Bull in deinem Wohnzimmer?", bohrte ich weiter.

„Pitts Special, Anna, Pitts Special. Meine Pitts ist ein Flugzeug, kein Hund. Übrigens ein Nachbau der Originalkunstflugmaschine von Curtis Pitts. Gefällt sie dir nicht?" Aufmerksam musterte er mich, studierte jeden meiner Gesichtszüge.

Der Doppeldecker sah beeindruckend aus, knallrot lackiert, mit weißen Kunstflugstreifen und kleinen schwarzen Buchstaben, die wohl der Kennung des Originalflugzeuges nachempfunden waren. Nein, ich konnte nicht behaupten, dass mir das Flugzeug nicht gefiel. Im Gegenteil, es hatte etwas sehr Sympathisches, wenn ich auch nicht wusste, warum.

Die Frage war nur, was suchte dieses Miniflugzeug in Roberts Wohnzimmer?

„Robert, was macht dieses Flugzeug hier? Du benutzt solche Flugzeuge doch hoffentlich nicht als Wohnraumdekoration?" Vor meinem geistigen Auge sah ich diesen Doppeldecker schon in meiner kleinen Wohnung stehen – im Weg rumstehen.

„Ich fliege sie!", antwortete Robert trocken. Misstrauisch sah ich ihn an. War das jetzt ein Scherz?

„Es ist ein Modellflugzeug!", klärte er mich auf. „Ich habe es selbst gebaut und ich fliege es auch. Oder besser: Ich lasse es fliegen. Ich bin Modellflieger!", fuhr er fort.

Hatte ich das jetzt richtig verstanden? „Das heißt, du stehst am Boden, während das Flugzeug in der Luft ist?", fragte ich vorsichtshalber nach.

„Genau!", sagte er.

„Ich habe mich schon gefragt, wo du wohl deine langen Beine lässt, wenn du mit diesem Kinderwagenflugzeug startest!", witzelte ich und zeigte auf den Doppeldecker.

„Das Originalflugzeug ist nur dreimal so groß wie dieses Modell!", verteidigte er sich.

„Im Ernst?" Waren die echten Kunstflugdoppeldecker wirklich so klein?

„Du hattest es offensichtlich noch nie mit Modellfliegern zu tun, was?", lachte er. Inzwischen stand er neben mir, legte mir die Hand um die Hüfte und küsste sanft meinen Nacken.

„Ich will noch schnell einen Koffer mit Wäsche packen! Dann können wir wieder los!", sagte er und ging in Richtung Schlafzimmer. Langsam folgte ich ihm. Überall an den Wänden hingen Bilder mit Flugzeugen. Das Regal in der Schrankwand – voller Flugzeugbücher.

Ich gebe zu, ich war neugierig auf sein Schlafzimmer … Auch dieser Raum modern und schlicht eingerichtet, helle Birke, dazu ein sanftbrauner Teppichboden und lange beigefarbene Gardinen aus Seide.

Mutig warf ich einen Blick auf das große Ehebett. Offensichtlich stammte es noch aus der Zeit mit seiner ersten Frau Judith. Mein Blick blieb auf der linken Seite des Ehebettes hängen, wurde magisch angezogen von einem seltsamen Gestell.

„Was ist das?", kreischte ich, nein, nicht hysterisch, nur fast. Irritiert deutete ich auf das zweite Bett, in dem merkwürdig geformte Bretter lagen.

Robert hockte hinter der geöffneten Tür des großen Schlafzimmerschrankes, um dort Kleidungsstücke zusammenzusammeln.

„Die Tragfläche einer De Havilland Beaver, einem Wasserflugzeug!", brummte er, ohne hinter der Tür hervorzublicken. Wahrscheinlich hielt er mich inzwischen für eine Fachfrau, was Flugzeuge anging, denn für ihn schien es das Selbstverständlichste der Welt zu sein, Flugzeugteile im Bett zu beherbergen und die anderen dazugehörigen Teile neben dem Bett vor dem Nachtisch zu parken.

„Robert, du schläfst mit Flugzeugen?" Völlig entgeistert, entschlüpften mir diese Worte. Sie wollten einfach nicht bei mir bleiben. Wie auch, ich war vollkommen irritiert.

„Was tue ich?", fragte Robert und lugte endlich hinter der großen Schranktür hervor.

„Na, da ..." Ich zeigte auf die Einzelteile seines Flugzeug-Puzzles.

„Anna?! Oh Mann, Süße!" Offensichtlich wurde ihm nun schlagartig klar, dass ich noch ein Greenhorn war, was die Lagerung von Modellflugzeugeinzelteilen betraf. Jedenfalls kam er zu mir und nahm mich in den Arm.

„Hey Süße, ich schlafe nur mit dir!", raunte er mir ins Ohr. Seine sonore Stimme verfehlte auch heute nicht ihre Wirkung. Eine wohlige Gänsehaut zog meinen Rücken hinauf. Dann fügte er verschmitzt hinzu: „Die Flugzeuge sind viel zu sperrig und auch zu teuer. Kann ich mir nicht leisten."

Nachdem er sich reichlich an meinem verblüfften Gesicht geweidet hatte, erklärte er ganz sachlich: „Ich benutze das Modellbauen zum Abschalten vom stressigen Job. Wenn ich bastle, bekomme ich den Kopf frei. Und im Sommer fliege ich die Modelle. Selbst Bauen und Selbst Fliegen, das ist das Schönste an diesem Hobby."

„Andere Männer haben dafür Garagen oder Bastelkeller ...!", entgegnete ich leise.

„Mein Keller ist zu voll. Ich muss dringend einige Flugzeuge verkaufen. Keine Angst, die Beaver schläft nicht immer hier. Ich musste im Keller einige Reparaturarbeiten durchführen und brauchte Platz. Naja ... Wenn du willst, räume ich schnell auf und ..."

Oh je, mit diesem Mann hatte ich mir was eingehandelt! Die Matratzenelastizität dieser Betten wolle ich auf keinen Fall testen. Immerhin hatte er hier heiße Liebesnächte mit seiner Ex verbracht, auch wenn das schon einige Jahre zurücklag. Genauso wenig wollte ich aber mein Bett mit irgendwelchen Flugzeugen teilen müssen.

„Kein Problem!", lachte er, als hätte ich meine Bedenken laut geäußert. „Was hältst du davon, wenn du uns einen Kaffee kochst, während ich die restlichen Sachen einpacke? Die Küche ist gegenüber dem Wohnzimmer."

Ja, Kaffeekochen hörte sich neutral an. Ich war innerlich vollkommen aufgelöst und irgendwie ziemlich sauer, obwohl ich gar nicht richtig wusste, warum. Rolf hatte ich jahrelang mit seinem Stadtrat teilen müssen. Nicht nur, dass er als Unternehmensberater nie einen Acht-Stunden-Tag hatte, nein, seine freie Zeit musste er auch noch unbedingt der Politik widmen. Die Abende, die Sonntage – fast keinen Abend verbrachte er zu Hause.

Und ich dumme Kuh hatte mir offensichtlich wieder einen Mann geangelt, der ebenso umtriebig war. Nur hatte er es mit Flugzeugen statt mit der Politik. Gerade hatte ich begonnen, ihm zu vertrauen und ihm mein Herz zu öffnen und schon wieder sollte ich teilen? Welcher Mann liebt sein Hobby so sehr, dass er seine Flugzeuge mit ins Bett nimmt?

„Ich muss mit Robert Schluss machen, bevor es zu spät ist!", dachte ich mich in Rage. Noch einmal ein Statistinnen-Dasein führen? Nein, auf keinen Fall. Das überstieg meine Kräfte. Auf so ein Leben hatte ich einfach keine Lust mehr. Und außerdem, dafür war ich einfach schon zu alt.

Mühsam versuchte ich, meine Tränen herunterzuschlucken. Das viele Alleinsein hatte mich verletzt. Und nun sollte das ganze Spiel von vorne beginnen? Auf keinen Fall! Ja, ein Kaffee war genau das, was ich jetzt brauchte.

Ich hatte nicht bemerkt, dass Robert im Türrahmen stand und mich beobachtete. Seelenruhig sah er zu, wie ich Kaffeepulver und Filtertüten suchte und schließlich die Kaffeemaschine anstellte. Die Küche war pragmatisch eingerichtet. Alles stand am richtigen Platz. Nur ich stand neben mir.

„Anna, kommst du bitte mal", bat Robert mich, nachdem ich von der Kaffeemaschine das Signal erhalten hatte, dass es jetzt an der Zeit war, mit der Arbeit zu beginnen. Ich sah auf. Erst jetzt bemerkte ich ihn.

Langsam ging Robert voraus ins Schlafzimmer. Zögernd folgte ich ihm.

„Schau dir bitte einmal die Tragfläche meiner Havilland Beaver an", bat er mich. „Was sagst du dazu?" Seine Hand zeigte auf das Brett in seinem Bett.

Immer noch innerlich aufgewühlt, trat ich vorsichtig an die Bettkante heran und sah mir die Holzstücke etwas genauer an. Als ich begann, auf meine oberflächliche Betrachtungsweise zu verzichten, erkannte ich nach und nach, dass es sich um ein sehr filigranes Konstrukt handelte, dünne Holzspante, in komplizierter Fachwerkbauweise verzahnt und zum Teil mit dünnem Holz überzogen. Man sah der Konstruktion an, dass in ihr sehr viel Arbeit steckte. Robert musste Stunden damit verbracht haben.

„Ich habe es nicht übers Herz gebracht, die halbfertige Tragfläche einfach auf den Fußboden zu legen. Ich hatte Angst, meine Haushaltshilfe stolpert darüber. Deshalb liegt sie im Bett. Einfach, weil ich keinen anderen Platz für sie hatte", erklärte er geduldig.

Robert war klug, vor allem: Er nahm meine Emotionen wahr, bevor ich selbst begriff, was mit mir los war. Manchmal genoss ich es, weil er wie kein anderer Mann auf mich eingehen konnte. Heute jedoch betrachtete ich es als einen großen Nachteil, denn eigentlich wollte ich mich ja von ihm distanzieren. Trotzdem, mein emotionaler Aufruhr musste auf ihn sehr sonderbar wirken.

„Ich habe in Rolfs Leben jahrelang nur die zweite Geige gespielt. Ich kann das nicht noch einmal", flüsterte ich zu meiner Verteidigung. Dann schwieg ich für einen Moment, versuchte, mein Gefühlschaos zu sortieren.

„Jeder Mensch braucht ein Hobby, das weiß ich. Doch wenn das Hobby zu einer Leidenschaft wird, sodass für alles andere kein Platz mehr ist, ist mir das zu wenig!", fuhr ich fort. Diesmal klang meine Stimme selbstbewusst und bestimmt. Trotzdem hatte sie einen bitteren Beigeschmack.

„Das wäre mir auch zu wenig!", antwortete Robert. Er überlegte einen Moment, dann sagte er: „Anna, ich will dich mit keinem anderen Mann teilen müssen! Aber ich werde dich immer mit deinem Hobby teilen müssen! Hast du das vergessen?" Erstaunt sah ich ihn an.

„Jedem Menschen, der dich nach deinen Büchern fragt, erzählst du, das Schreiben wäre deine Leidenschaft!", sagte er. „Würdest du wegen mir das Schreiben aufgeben? Und was für ein Mann wäre ich, wenn ich das von dir verlangen würde?

Anna, ich verspreche dir, du wirst bei mir immer die erste Geige spielen! Und lieber würde ich mein Hobby aufgeben, als dich zu verlieren!" Seine Stimme klang ruhig und geduldig. Sein Indy-Grinsen hatte sich versteckt. Mit ernsten Augen sah er mich an.

„Ich denke allerdings, das willst du gar nicht", fuhr er fort. Ich schwieg, sah auf meine Hände, wusste nicht, wie ich mich verhalten sollte.

„Ich glaube, du hast Angst", sagte er, „du hast einfach Angst davor, in unserer Beziehung wieder vernachlässigt zu werden und du kannst dir nicht vorstellen, dass es auch anders sein könnte, weil dir bisher die Erfahrung von einer liebevoll gelebten Beziehung fehlt. Das, was du befürchtest, muss doch nicht so sein.

Wir haben beide einen Beruf, der manchmal ziemlich stressig sein kann. Beide brauchen wir eine Freizeitbeschäftigung, die uns entspannt und ausfüllt als Gegenpol. Wie viel Zeit wir miteinander verbringen, ist doch allein eine Sache unserer Absprachen.

In den letzten Wochen habe ich meine Flugzeuge nicht vermisst. Ich habe nicht einmal an sie gedacht, sonst hätte ich dir bestimmt etwas mehr von meinem Hobby erzählt. Und dich habe ich in der letzten Zeit auch nicht schreiben sehen. Meinst du nicht, dass wir es hinbekommen können? Ich jedenfalls habe keinen Zweifel daran!"

Sein Gesicht war ernst. Liebevoll sah er mich an.

Ein Hobby zu haben, das den Gegenpol zum stressigen Berufsleben darstellt, ist ein Geschenk. Das wusste ich. Mir war mein Schreiben wichtig. Dabei war es vollkommen egal, ob daraus Bücher entstanden oder nicht, mir kam es auf das Schreiben an. Ich kannte den Effekt des Schreibens auf mein Wohlbefinden. Wenn ich genügend Zeit hatte, mich meiner Autorentätigkeit zu widmen, fühlte ich mich leicht und frei. Es tat mir einfach gut. Ich konnte mir sehr gut vorstellen, dass es Robert mit seinem Hobby ebenso ging. Hatte Robert also recht? War sein Hobby überhaupt nicht das Problem? Beunruhigte mich vielmehr die Angst davor, von ihm nach einer gewissen Zeit nicht mehr wahrgenommen zu werden?

„Also, ich glaube, wir können sogar bei unseren Hobbys vieles gemeinsam erleben!", behauptete Robert, während mein Kopf sich endlich wieder eingeschaltet hatte, um das Problem logisch zu durchdenken. Robert hatte bereits das gesamte Thema analysiert und Lösungen entwickelt, während ich immer noch an den einzelnen Bausteinen kaute. Verblüfft sah ich ihn an.

„Wir könnten zum Beispiel diesen Sommer zusammen nach Nordamerika reisen. Ich begleite dich bei deiner weiteren Suche nach deinen Koffern bei den Indianern und wir statten einem echten Indianer-Reservat einen Besuch ab. Und weil Oshkosh ganz in der Nähe liegt, terminieren wir unsere Reise so, dass wir zur Zeit der Air Venture in Oshkosh sind, und schauen uns dort die großen Flugshows an. Klingt doch gut oder?"

Ja, Robert hatte es drauf, mich um den Finger zu wickeln. Ich war sofort Feuer und Flamme. Also verschob ich meine Vorbehalte, eilte in die Küche und holte den Kaffee. Danach sah ich mir seinen Bastelkeller an. Zu diesem Zeitpunkt freute ich mich schon auf unsere zukünftigen gemeinsamen Erlebnisse und auf meine zweite Reise nach Amerika.

/* Alles genau nachzulesen in dem Buch „Im Land der großen Wasser

Kommunikation mit dem Frühstücksei

Vorsichtig entfernte sie die Schale. Vor ihr stand ein Frühstücksei, perfekt fünf Minuten gekocht. Sie drehte ihren Eierbecher aus Edelstahl langsam im Kreis, so als würde sie das kostbare Ei nicht verletzen wollen.

Nachdem sie diese Arbeit beendet hatte, stach sie mit dem Eierlöffel, ebenfalls aus Edelstahl, in den oberen Teil des Eis, hob vorsichtig den ersten Bissen ab und schob ihn geschickt in den Mund.

Nora und Norbert Nordmann saßen bei ihrem sonntäglichen Frühstück auf der Terrasse ihres Reihenhauses. Es war Frühling. Auf einem Blumenbeet neben der Terrasse leuchteten Krokusse, Narzissen, Tulpen und Hyazinthen. Wie immer hatte Nora den Frühstückstisch liebevoll gedeckt und mit frischen Blumen dekoriert.

Eingebettet in einem makellosen Eiweiß leuchtete das nicht ganz mittig zentrierte Eigelb in der Vormittagssonne.

„Und wie finde ich das Gelbe vom Ei in meiner Ehe?" Wie ein verzweifelter Schrei entwich diese Frage plötzlich aus Noras Innerem. „Solche Fragen sollten lieber gar nicht erst geboren werden!", fluchte sie innerlich und resümierte: „Sie bringen nur alles durcheinander!"

Verstohlen warf sie einen Blick zu Norbert hinüber. Norbert Nordmann saß seiner Frau gegenüber, vertieft in das Lesen der Sonntagszeitung. Auf der Rückseite der Zeitung warben schwarze und rote Letter mit dem Text „Ein Land im Wohlfühlzwang" um die Aufmerksamkeit der Leser. Nora schluckte. Das Gefühl, das sich im Moment in ihr breitmachte, hatte nicht das Geringste mit Wohlfühlen zu tun. Im Gegenteil.

Sonntagmorgen – wohlfühlen, das hatte in Noras Augen vor allem etwas mit Kommunikation zu tun. Beide hatten sie eine arbeitsreiche Woche hinter sich. Deshalb hatte sich Nora sehr auf das entspannte Sonntagsfrühstück gefreut. Doch nun war wieder einmal von einem freundlichen Austausch keine Rede.

Die Zeitung fungierte als Sperrgebiet zwischen ihnen und trug die Aufschrift „Stören verboten". So viel zum sonntäglichen Wohlfühlzwang.

Ihr fiel keiner der Sprüche ein, die Nora sonst gerne nutzte, um ihren Mann hinter der Zeitung hervorzulocken. Selbst an komische Erlebnisse aus der vergangenen Woche konnte sie sich nicht mehr erinnern. Dabei hatte sie in den letzten Tagen viel erlebt und sehr viel gelacht. An diesem Morgen fehlten ihr sprichwörtlich die Worte.

Sie starrte auf Norbert und seine Denkerstirn, dann auf das Eigelb des Frühstückseis vor ihr und begriff, ihre Ehe bestand nur noch aus der ziemlich geschmacksneutralen Substanz des Eiweißes, im Rohzustand ziemlich eklig labberig, gekocht zwar genießbar, aber lecker war etwas anderes.

Die Köstlichkeit eines Frühstückseis beruhte auf dem Eigelb in der richtigen Konsistenz. Und genau, wie ein Frühstücksei ohne Eigelb eine eher geschmackneutrale Masse bildet, so war ihre Ehe eine Hülle geworden, der der Geschmack und vor allem die Köstlichkeit abhandengekommen war.

Das, was eine gute Partnerschaft ausmacht, das Lachen und gemeinsame Erlebnisse, war verschwunden. Nora resümierte, dass sich der schmackhafte Anteil ihres ehelichen Konstruktes in Nichts aufgelöst hatte.

Kurz überlegte Nora, wie dieser Vormittag wohl verlaufen würde. Nach der Beendigung des Studiums der Zeitung würde sich Norbert kurz nach Noras Befinden erkundigen. Reduziert lächelnd würde er sich ihren Bericht anhören, doch wirkliches Interesse war nicht zu erwarten, geschweige denn würde es zu spüren sein. Noras Erkundigungen nach seinen Erlebnissen in der vergangenen Woche würde er mit einer leichten Handbewegung beiseite wischen, mit den Worten, er hätte nichts Aufregendes erlebt. Danach erfolgte üblicherweise eine fadenscheinige Ausrede auf Ninas Bemühungen, etwas Gemeinsames unternehmen zu wollen. Spätestens fünf Minuten später würde er dann in sein Arbeitszimmer verschwinden, um ein wenig im Internet zu surfen.

Nora nickte dem Ei zustimmend zu, als hätte das Ei ihr einen Ausblick auf das heutige Tagesgeschehen ermöglicht.

Ein ungewöhnliches Gefühl der Leere durchströmte Noras gesamten Körper, dann Enttäuschung, gefolgt von Hoffnungslosigkeit.

„Machen wir uns nichts vor, hier wird sich nichts ändern!", sagte sie sich.

Dreißig Jahre Ehe und etliche Versuche von Noras Seite aus, dem langweiligen Ehebündnis etwas Belebendes zu geben, brachten sie zu der Einsicht, dass sie das, womit sie sich schon seit Jahren zufriedengab, nicht mehr wollte.

Mit fünfundfünfzig Jahren war ihr Leben schon zu zwei Dritteln vorbei. Mehr als ein Drittel davon hatte sie in einer langweiligen Zweckgemeinschaft verbracht, die am Anfang zwar ihre Highlights hatte, dann aber immer mehr zu einem rahmenähnlichen Gerüst verfiel.

„Ja, wenn es mit dem Sex wenigstens klappen würde", flüsterten Noras Gedanken dem Frühstücksei zu. Leider war auch dieser Akt der Liebe zu einem Akt der Gewohnheit geworden, ganz nach dem Motto „Use it or lose it".

Jahrelang hatte Nora ihr mangelndes Interesse auf die Menopause und ihr Alter geschoben. Im Schein der Frühlingssonne wurde ihr beim Anblick des herrlich gelben Eigelbs unwillkürlich bewusst, dass es viel einfacher war: Norbert langweilte sie.

Er war nicht mehr der Mann, der sie inspirierte, ihr das Gefühl gab, eine Frau zu sein, und der, wie jeder gute Freund, bereit war, seine Freizeit mit ihr zu verbringen. Nein, der Mann an ihrer Seite glänzte durch Abwesenheit in allen Dingen, die ihr wichtig waren. Unternahmen sie dann doch einmal etwas gemeinsam, ging es immer nur um die Dinge, die ihn interessierten. Das war ihr zu wenig.

Ein zarter Windzug verfing sich in Noras Haaren. Eine Strähne ihres dunkelblonden Haares lockerte sich und wehte ihr vor die Augen. Schon im nächsten Moment ergriff der Wind die Strähne erneut und gab die Sicht wieder frei.

„Wie wichtig so ein bisschen Eigelb doch ist!", dachte Nora und lächelte das Frühstücksei an.

„Unverzichtbar!", antwortete ihre innere Stimme.

Während Norbert von der einen Zeitungsseite zur nächsten blätterte, ohne auch nur für einen kleinen Moment seinen Kopf zu heben und Nora einen Blick zu gönnen, beschloss Nora, dass das heutige Frühstück ihr letztes gemeinsames sein würde.

Sie hatte keine Lust mehr, in einer Partnerschaft zu leben, die nur aus einer Schale und etwas Eiweiß bestand und sie hatte auch keine Lust mehr darauf, weiterhin emotional leer auszugehen. Sie wollte mehr.

Ein seltsames Lächeln eroberte ihr Gesicht. Genüsslich biss sie in ihr Körnerbrötchen mit Honig. Dann rekelte sie sich auf dem Gartenstuhl und streckte ihr Gesicht in die Sonne. Langsam trank sie einen kleinen Schluck Kaffee, dann noch einen.

Nachdem sie dieses kleine Ritual beendet hatte, konzentrierte sie sich wieder auf ihr Frühstücksei.

„Übrigens, Norbert, was ich noch sagen wollte", begann sie langsam, während sie den Löffel zum Ei führte. Dann stach sie zu.

Versunken im Meer des Selbstmitleids

Ein typischer grauer Wintermorgen im Dezember. Trotz eingeschalteten Lichts wollte und wollte es nicht hell werden. Tina saß am Frühstückstisch. Unter ihren Augen waren tiefe Ränder, als hätte sie die ganze Nacht hindurch gefeiert. Ihr Kopf schmerzte. Sie war erkältet. Missmutig schaute sie durch das Fenster in den Garten. Alles war grau.

Sie hustete. Tränen stiegen ihr in die Augen. Obwohl ihr Kopf schmerzte und sie die Welt wie durch eine Watteschicht wahrnahm, hegte sie sorgenvolle Gedanken. Wie nur sollte das alles wieder gut werden?

Tinas Tochter Julia war wieder ins Familiennest zurückgekehrt. Vor zwei Wochen stand sie plötzlich mit Sack und Pack vor der Tür. Nach einem Streit hatte sie sich von ihrem Freund getrennt, kurzerhand ihren Job gekündigt und einen Nachmieter für ihre kleine Zweizimmerwohnung gesucht. Unglücklich und um ihre Wunden zu lecken, klingelte sie an der Haustür und suchte Unterschlupf bei ihren Eltern. Weder Peter noch Tina zeigte sich begeistert, doch was sollte man tun? Das eigene Kind seinem Elend überlassen?

Dann, eine Woche nach der Trennung zwischen Julia und Martin, stand Martin vor der Tür. Julia und Martin versöhnten sich und kurzerhand zog auch

Martin bei Tina und Peter ein. Julia hatte Tina nicht gefragt, sondern einfach Tatsachen geschaffen.

Vor zwei Tagen dann die Nachricht, Martin würde seinen Job verlieren. Zwei Wochen vor Weihnachten hatte man ihm gekündigt. Ein nettes Weihnachtsgeschenk!

Tina ging ins Badezimmer, schaute in den Spiegel und erschrak. War sie das? Ihr halblanges Haar hing strähnig an ihrem Kopf herum, ihr Gesicht war verquollen und der Bademantel …

„Ich sollte mir endlich einmal einen neuen Bademantel gönnen!", dachte Tina. Seufzend ging zurück zum Frühstückstisch und trank ihre zweite Tasse Kaffee. Wie sollte sie das nur alles schaffen? In vierzehn Tagen war Weihnachten.

Tina dachte sorgenvoll an Julia und Martin. Die Probleme der beiden bedrückten sie sehr. Hatte sie vergessen, wie verliebt Julia in Martin war? Martin war der erste Mann, der bei ihrer Tochter wirklich etwas angerührt hatte, die erste wirklich ernsthafte Beziehung. Eine Liebe, die Julias Gesicht zum Strahlen brachte. Ein so schönes Pärchen. Tina mochte Martin sehr. Er war ein sympathischer junger Mann. Doch jetzt, die beiden hier in ihrem Haus … Hatte sie vergessen, wie schnell sich alles ändern kann?

Erst im letzten Jahr war Julia mit fliegenden Fahnen aus dem Familienheim ausgezogen. Sie hatte einen Job in Hannover gefunden. Innerhalb von zwei Wochen war das Kind auf und davon. Tina erinnerte sich noch gut an ihre innere Ohnmacht. Sie wollte ihre Tochter nicht gehen lassen. Gern hätte sie es gesehen, wenn Julia in ihrer Nähe wohnen geblieben wäre. Jetzt war Julia wieder da, und auch das war ihr nicht recht.

„Was soll nur werden? Bald werden beide arbeitslos sein. Und dann müssen Peter und ich die beiden womöglich mitversorgen!?", jammerte Tina und sie wurde ganz unruhig bei diesem Gedanken. Wie Kinder halt so sind. Auch diese beiden erwachsenen Sprösslinge ließen sich nach Strich und Faden verwöhnen und kamen ohne Aufforderung nicht auf die Idee mal mitanzupacken. Niemand sah, dass Tina ebenfalls manchmal Fürsorge und Liebe brauchte. Die Jugend denkt nur an ihre eigenen Vorteile. Tina wusste nicht, wie lange sie das noch aushalten konnte.

Sie fühlte sich so hilflos. Selbst ihr Körper hatte keine Kraft mehr. Nichts ging mehr richtig. Was war nur los mit ihr? Wieder kamen ihr die Tränen.

Das Telefon klingelte. Niemand war dran. „Vielleicht sollte ich mich doch ein wenig zurechtmachen", überlegte Tina. Lethargisch stand sie auf, räumte den Frühstückstisch ab und schlich ins Badezimmer.

Sie genoss die wohlig warme Dusche, den Duft der Körperlotion. Zum Schluss rieb sie ihre schmerzende Brust mit Wick Vaporub ein. Die ätherischen Öle taten ihr gut. Langsam wurde ihre Nase etwas freier. Unschlüssig überlegte sie, ob sie wohl den Jogginganzug anziehen und sich dann auf das Sofa legen sollte, um noch etwas ihre Erkältung zu pflegen, oder ob sie sich lieber normal zurechtmachen sollte, um dann ... Sie entschloss sich, etwas Make-up aufzulegen. Jetzt gefiel ihr auch das Spiegelbild.

„Es wird schon werden!", sprach sie sich Mut zu und ging zurück ins Wohnzimmer.

Vielleicht sollte sie diesen Tag nutzen, um ihre Weihnachtsplanungen fertigzustellen? Viel mehr würde ihr eh nicht gelingen, denn noch immer fühlte sie sich schlapp, müde und krank. Sie zündete sich eine Kerze an und musste unwillkürlich an den Spruch „Wenn du denkst, es geht nicht mehr, kommt irgendwo ein Lichtlein her" denken. Ja, so ein kleines Lichtlein könnte sie jetzt gut gebrauchen.

„Was macht mir eigentlich mehr zu schaffen, meine Erkältung oder die Sorgen um meine Kinder?", fragte sie sich.

„Von einem Tag auf den anderen ist alles ganz anders!", sinnierte sie und dachte daran, wie schnell die Erkältung gekommen war. Von einem Tag auf den anderen. Dann fiel ihr ein, wie schnell ihre Sorgen gekommen waren, von einem Tag auf den anderen. Vor drei Wochen sah die Welt noch ganz anders aus. Würde in drei Wochen wieder alles ganz anders aussehen?

„Nichts ist so beständig wie die Veränderung!" Wieder so ein Spruch.

Vor ihrem geistigen Auge sah sie die Wellen des Ozeans, ihr Kommen und Gehen. „Auch Sorgen kommen und gehen. Veränderungen kommen und gehen. Erkältungen kommen und gehen. Morgen wird es mir bestimmt wieder besser gehen und wenn nicht, dann bestimmt übermorgen oder überübermorgen."

„Hey Mum, wie geht es dir heute Morgen?" Julia kam ins Zimmer und riss Tina aus ihren Gedanken. „Na, ich sehe schon, nicht so gut. Du solltest es dir heute hier im Wohnzimmer gemütlich machen. Schon dich ein wenig!

Weißt du, ich trinke noch eine Tasse Tee mit dir, dann fahre ich in die Stadt. Ich habe mich mit Martin verabredet. Er nimmt sich heute Nachmittag frei. Wir wollen zusammen zum Jobcenter. Vielleicht haben die ja ein paar Ideen für uns oder vielleicht sogar einen Job ...", frohlockte Julia vergnügt. Tina schaute Julia an. Diese positive Ausstrahlung liebte sie sehr an ihrer Tochter. Julia ließ sich einfach nicht unterkriegen.

„Weißt du, Mami, vielleicht hat dieser ganze Wuselkram ja auch einen Vorteil. Du sagst doch immer, nichts geschieht ohne Grund. Wenn das stimmt, ist es ja vielleicht gar nicht so schlecht, dass ich im Moment ungebunden bin. Schau mal, in der gestrigen Zeitung stand eine Anzeige von einer Werbeagentur. Das hat mich daran erinnert, dass ich schon immer Medien-Designerin werden wollte. Nur dann musste ich ja plötzlich Geld verdienen, weil ich eine eigene Wohnung haben wollte. Naja, du kennst ja die Geschichte. Jetzt kam mir in den Sinn, vielleicht könnte ich ja doch das Designstudium anfangen. Martin meint, das ist eine gute Idee. Was hältst du davon?" Julias Redefluss stockte. Erwartungsvoll sah sie ihre Mutter an.

„Julia, ich würde mich sehr freuen. Aber wie willst du das finanzieren?", fragte Tina erschöpft. Sie wusste nicht, ob sie sich freuen sollte oder nicht. Ein kreativer Beruf war immer Julias Herzenswunsch gewesen, das wusste sie. Doch dann wollte Julia unbedingt in einem Büro arbeiten – ganz schnell musste es gehen. Sie wollte möglichst schnell ihr eigenes Geld verdienen. Und nun? Plötzlich stellt sie fest, dass Büroarbeit nun wirklich nicht das ist, was sie bis an ihr Lebensende machen will und erinnert sich daran, dass ihr eigentlicher Traumberuf ein ganz anderer war. Kinder!

„Ach Mum, mach dir nicht so viel Sorgen. Wo ein Wille ist, ist auch ein Weg!", antwortete Julia mit weicher Stimme. „Ich kann doch nebenbei jobben. Ich habe inzwischen einen Beruf, hast du das vergessen?", lachte Julia und zwinkerte ihrer Mutter zu. Julia hatte ihr persönliches Tief offensichtlich überwunden. Sie strahlte vor Energie und Lebensfreude. Zu gern hätte Tina sich mit ihr gefreut. Stattdessen musste sie niesen. Resigniert klammerte sie sich an ihr Taschentuch.

„Jedenfalls werde ich die beim Jobcenter heute mal richtig löchern, welche Möglichkeiten es gibt! Wer weiß, vielleicht haben sie ja einige gute Tipps für mich auf Lager", scherzte sie. Kurz darauf verließ sie voller Vorfreude das Haus.

Zurück blieb Tina auf ihrem Sofa.

„Das ganze Leben ist Veränderung!", dachte sie kopfschüttelnd. „Aber wer behauptet schon, dass Veränderung einfach ist?"

Ein neuer Tag und wieder eine neue Situation.

Noch etwas wirr im Kopf von den vielen neuen Gedanken streckte sie sich unter ihrer Wolldecke aus. Schon wenige Minuten später war sie eingenickt. Das Schläfchen tat ihr gut. Als sie erwachte, fühlte sie sich bereits ein wenig wohler.

„Na, Tina, willst du nicht endlich Abschied von deiner Insel des Selbstmitleids nehmen?", fragte sie sich. „Du könntest dir den Tag doch trotz deiner Erkältung so schön wie möglich gestalten, oder?" Sie seufzte, kuschelte sich auf ihrem Sofa in die warme Decke und griff nach ihrem Krimi.

„Designstudium – na, was das wohl werden würde?"

Tatsachentreffen

Tatsachen wohnen im Kopf eines Menschen und nehmen rege an seinem Leben teil. Manchmal treffen sie sich, um gemeinsam die Zeit zu verbringen, ein wenig zu schwatzen und von den alten Zeiten zu reden.

An einem wunderschönen Junimorgen trafen sich drei Tatsachen, um Boot zu fahren. Mit an Bord gingen die Tatsachenträgerin Tanja und ihre Freundin Elena.

Tanja, die ihre Freundin Elena angestiftet hatte, doch endlich den alljährlichen Frauentag mit ihr zu verbringen, hatte das Boot für den ganzen Tag gebucht. Sie liebte es, auf dem See zu rudern und dann in der heißen Mittagssonne in einer kleinen Bucht anzulegen, um zu baden, in der Sonne zu liegen und zu picknicken.

Elena war an diesem Tag etwas missmutig. So richtig Freude wollte nicht aufkommen, weil Tanja in den letzten Monaten zur Bedenkenträgerin mutiert war.

Nachdem die beiden ihren Picknickkorb im hinteren Drittel des Bootes verstaut und auf der Ruderbank Platz genommen hatten, überlegte Elena, dass sie ja eigentlich die Wahl hatte. Entweder sie würde ihrem Miesepeter an diesem Morgen freien Auslauf gewähren, obwohl das Wetter wunderschön war und sie es liebte, über den kleinen See zu rudern, oder sie müsste ihn in die Wüste schicken, um diesen herrlichen Sommertag auf dem Wasser genießen zu können.

Elena griff nach der Sonnencreme, versorgte ihre Arme und Beine und vor allem die Nase. Einen Sonnenbrand auf der Nase wie im letzten Jahr, das würde ihr nicht ein zweites Mal passieren. Dieses Missgeschick hatte sich gründlich in ihrem Gedächtnis eingebrannt. Eine Woche lang spöttelten ihre Kolleginnen und konnten es sich nicht verkneifen, in ihrer Gegenwart immer neue, witzig gemeinte Kommentare abzugeben. Nein, heute hatte Elena einen Strohhut mit einer breiten Krempe dabei. Dieser Hut würde ihre Nase vor den aufdringlichen Sonnenstrahlen schützen.

Nachdem die Sonnenbrille den ihr zugedachten Platz auf Elenas Nase gefunden hatte, sah Elena zu Tanja hinüber. Tanja, die Tatsachenträgerin, hatte ihre Bluse geschürzt und vor dem Bauch mit einem dicken Knoten zusammengebunden. Ein lustiger Zopf baumelte aus der Öffnung ihres Käppis. Sie strahlte übers ganze Gesicht: „Was für ein herrlicher Morgen!"

Tatsache Nummer 1 grinste und flüsterte Tatsache Nummer 2 und 3 zu: „Wie schön sie doch ist, wenn sie nicht an uns denkt!"

Die drei Tatsachen hatten es sich in Tanjas Kopf gemütlich gemacht. Mancher mag vielleicht denken, Tatsachen verweilen im Kopf wie in einer Art Strandkorb, in dem es sich wunderbar chillen lässt. So ist das aber nicht. Tatsachen sitzen nebeneinander auf einer Art Leine, so wie wir es von den Schwalben kennen, die nebeneinander auf den Stromleitungen hocken. Allerdings haben Tatsachen keine Flügel. Die wachsen ihnen erst, aber dazu kommen wir später …

„Au wei, ich wusste es doch. Mein Urlaub ist von kurzer Dauer!", seufzte Tatsache Nummer 3 und wurde ganz unruhig.

„Sag mal, Elena, meinst du, dass mit meiner Bluse geht so? Oder macht es mich zu dick?", fragte Tanja ihre Freundin.

„Oh, nö, Tanja … Wen interessiert es, ob du dick oder dünn bist? Du siehst toll aus, reicht dir das?", quengelte Elena, die an diesem Morgen nun wirklich keine Lust auf das Dick und Dünn-Spielchen hatte.

„Nun sei doch nicht so schnippisch, Elena. Ich weiß ja, dass ich zu dick bin!", antwortete Tanja theatralisch.

„Aha, du bist also dick?", fragte Elena, Tanja nickte.

„Wenn du 165 kg wiegen würdest, ja, dann würde ich auch sagen, du bist dick. Dann wäre die Feststellung, du bist dick, eine reale Tatsache!", grinste Elena und griff nach dem Ruder. Vorsichtig tauchte sie es ins Wasser, als müsse sich das Holz des Ruderblattes erst an die Wassertemperatur gewöhnen.

„Ach, du willst mich nur trösten. Du kannst ruhig ehrlich zu mir sein!" Tanjas Gesicht nahm einen flehenden Ausdruck an, als würde es rufen, bitte sag mir, dass ich zu dick bin.

„Also ehrlich, Tanja. Ich kann dir jetzt zwar sagen, du bist zu dick. Dann hätte ich endlich meine Ruhe. Aber irgendwie ärgert es mich, dass du dir immer einredest, du wärst zu dick. Du hast einen sportlichen, durchtrainierten Körper. Alles sitzt am rechten

Fleck. Wer um Gottes willen redet dir nur immer ein, dass du so nicht richtig wärst. Ich hoffe, du bist das nicht selbst! Dann hast du nämlich ein Problem."

Elena war es an diesem Tag leid, sich Tanjas Gesülze anzuhören. Heute wollte sie Schluss machen mit diesem Gejammer und Tanja mit ihren eingebildeten Tatsachen konfrontieren.

„Philipp sagt auch immer, ich wäre zu dick!", warf Tanja ein.

„Ach, Philipp sagt, du bist zu dick!?! Und du glaubst, Philipp hat recht? Dann ist Philipp also dein Bestimmer?" Irritiert sah Tanja Elena an.

„Philipp ist nicht mein Bestimmer!", sagte sie ärgerlich.

„Nicht? Für mich hörte es sich aber so an, als würde er bestimmen, ob du dich dick fühlst oder nicht. Also ist er dein Bestimmer. Oder stammt diese alte Kamelle ‚Ich bin zu dick' aus deiner Kindheit? Vielleicht von Tante Camilla, dieser hageren Meckerziege. Dann, liebe Tanja ist sie deine Bestimmerin. Sie bestimmt auch heute noch, wie du zu sein hast!"

Elena überlegte kurz, ob sie diesen Zynismus lieber lassen sollte. Doch inzwischen hatte sich ihr Ärger mit Schalk vermischt und einer spitzbübischen Freude.

„Wollen wir nicht endlich loslegen? Hier am Bootssteg festzuhängen und darüber zu diskutieren, wer bestimmt, dass du fett bist oder nicht, macht wenig Spaß!", lachte sie.

Wenn Tanja mit beiden Beinen auf festem Boden gestanden hätte, hätte sie jetzt kräftig mit dem Fuß aufgestampft. Sie dachte gar nicht daran, nach dem

Ruder zu greifen. Stattdessen fluchte sie: „Ich habe keinen Bestimmer!"

„Nicht? Dann erkläre mir doch bitte, wie eine hübsche, emanzipierte Frau wie du darauf kommt, sie wäre zu dick?", sagte Elena. Tanja schwieg und schaute beschämt auf den Boden des Ruderbootes.

„Nun, ich werde dir die Antwort verraten. Du trägst nicht eine Tatsache mit dir herum, sondern einen Glaubenssatz. Und dieser Satz hat das Regiment in deinem Körpermanagement übernommen. Kannst du überhaupt noch unbefangen in den Spiegel gucken, ohne diesen Satz vor dich hinzudenken?", fuhr Elena fort und sah Tanja neugierig an.

Tanja wandte den Kopf, sah auf den See. Sie überlegte. „Nö, eigentlich nicht wirklich", gab sie zu.

„Siehst du, sag ich doch. Es gibt einen Bestimmer! In diesem Fall dein Glaubenssatz. Willst du ihn nun bis zu deinem Lebensende mit dir herumtragen?"

„Aber, es ist doch Tatsache ...", begann Tanja, doch Elena unterbrach sie: „Realistische Tatsachen lassen sich mit fundierten Argumenten untermauern. Wenn Körpergröße und Gewicht im Normalbereich liegen, ist die Behauptung, zu dick zu sein, definitiv falsch. Folglich hast du dir ein Illusionsgebäude aufgebaut. Illusionen sind aber keine Tatsachen!"

Tanja war sauer. Allerdings: Je länger sie über Elenas Worte nachdachte, desto klarer wurde ihr, dass Elena vielleicht recht haben könnte. Schweigend ergriff sie das Ruder. Sie und Elena waren ein eingespieltes Team. Mit kräftigen Zügen ruderten sie in Richtung Seemitte.

Währenddessen erhob sich Tatsache Nummer 3. Wenn vermeintliche Tatsachen sich im Kopf des Tatsachenträgers in entlarvte Glaubenssätze verwandeln, wachsen ihnen Flügel. Sie werden beweglich und haben die Chance, ihr Zuhause auf der Wäscheleine zu verlassen. Tatsache Nummer 3 schüttelte sich, streckte die Flügel in den Wind und erhob sich in die Luft.

„Tschüs, Mädels. Wir hatten eine schöne Zeit zusammen. Lasst es euch gutgehen! Ich kann jetzt fliegen!", rief sie erfreut und zwinkerte den beiden Zurückbleibenden zu. Dann verließ sie Tanjas Kopf.

Tanja und Elena ruderten einmal quer über den See. Sie freuten sich über die Sonne, die sich im Blau des Wassers spiegelte, über die Ruhe, die Haubentaucher und die Wildenten. Als es fast Mittag war, ruderten sie in ihre Lieblingsbucht, die romantisch verborgen hinter einer alten Weide lag, deren Zweige bis tief ins Wasser hinein reichten. Sie machten ihr Boot fest, packten ihr Badezeug aus und nahmen ein ausgiebiges Bad in dem noch etwas zu kalten Wasser des Sees. Leicht fröstelnd breiteten sie ihre Decke im Gras aus und wärmten sich in der Junisonne.

Reisen, Kinder, Ärgernisse des Alltags, sie hatten schon viele Themen abgehandelt und ausgiebig durchgekaut. Elena war etwas mulmig zumute, als etwas Magisches sie zwang, das Thema Studium anzusprechen. Wie Elena war Tanja bereits Mitte dreißig. Sie war verheiratet und hatte zwei Kinder, doch beruflich wurstelte sie sich von Job zu Job. Seit ihrer Jugend träumte sie davon, Pädagogik zu studieren.

Sich endlich einzuschreiben schaffte sie nie. Also eigentlich ein Tabuthema.

„Hast du dich jetzt endlich eingeschrieben? Die Fristen laufen bald ab!", begann Elena und sah Tanja erwartungsvoll in die Augen. Tanja war dieses Thema merklich unangenehm.

„Ich bin mir einfach nicht sicher, ob ich es schaffen kann. Immerzu habe ich das Gefühl, ich bin zu dumm und dann denke ich, das schaffe ich nie!", seufzte sie. Ihr war es ja selbst schon peinlich, doch eine unsichtbare Hand hielt sie immer wieder davon zurück, endlich aktiv zu werden.

„Lass mich raten. Peter Rademacher! Peter Rademacher ist der Bestimmer deiner Träume!", lachte Elena. Sie zog den Picknickkorb zu sich heran. Man sah ihr an, es machte ihr Spaß, Tanja zu provozieren.

„Peter Rademacher? Sag mal, spinnst du nun komplett?", entrüstete sich Tanja. Wütend setzte sie sich auf.

„Tannilein, ich war dabei. Zweite Klasse Mathearbeit. Erinnerst du dich? Er hat uns beide beschimpft. Wie dumm wir doch wären und dass wir beiden nichtsnutzigen Mädchen es niemals schaffen würden, in einem Beruf Karriere zu machen!", antworte Elena versöhnlich.

„Ja, daran erinnere ich mich. Peter Rademacher, Waschlappen und Frauenheld in einer Person und leider unser Klassenlehrer", seufzte Tanja und fügte hinzu, „aber bestimmt nicht mein Bestimmer!"

„Junge Frau, gebildet und intelligent, schreibt sich nicht für ein Studium ein, von dem sie schon seit Kindertagen träumt. Was kann sie davon abhalten? Doch nicht etwa sie selbst? Also muss es doch einen Grund geben, warum diese Frau sich für zu dumm hält, statt endlich loszulegen. Ich tippe auf Peter Rademacher. Sein dummer Spruch bestimmt immer noch, was du tust oder nicht tust. Also ist er dein Bestimmer!"

„Ich habe keinen Bestimmer!", zischte Tanja wütend. „Ich bestimme selbst, was ich tue!"

„Aha, das sehe ich!", sagte Elena zynisch.

„Dumme Pute! Hast ja recht. Scheint sich schon wieder um so einen dummen Glaubenssatz zu handeln, den ich vergessen habe rauszuschmeißen. Aber bitte hör endlich auf, mir irgendwelche Bestimmer anzudichten!", sagte Tanja versöhnlich. Noch so eine dumme Phrase, von der sie gedacht hatte, es wäre eine Tatsache.

Sie war nicht dumm, das wusste sie selbst. Wenn man ein Abitur geschafft hat, ist man nicht dumm. Es war nur so ein dummes Gefühl. Damit war jetzt Schluss, Peter Rademacher sollte nie wieder bestimmen, ob sie etwas wagen würde oder nicht. Vor ihrem geistigen Auge sah Tanja sich als Lehrerin vor einer Klasse mit Kindern stehen. Wollte sie auf die Erfüllung ihres Herzenswunsches weiterhin verzichten, nur weil so eine Uraltkamelle es sich in ihrem Selbstbild bequem gemacht hatte? Nein!

Tatsache Nummer 2 war froh, endlich entlarvt worden zu sein. Als ihr Flügel wuchsen, fühlte Tanja, wie ihr das Herz aufging. Tatsache Nummer 2, glücklich darüber frei zu sein, war es zu dumm, sich weiterhin in Tanja Kopf herumzutreiben. Kurz entschlossen erhob sie sich und flog davon.

„Schönes Tatsachentreffen", dachte Tatsache Nummer 1. „Nun sitze ich hier und bin ganz allein. Ich will auch frei sein!"

Als hätte Tanja das Flehen vernommen, begann sie mit leicht jammernder Stimme zu zetern: „Glaubst du, Elena, dass ich das schaffen kann? Meine Mutter meint, ich hätte überhaupt kein Händchen für Kinder und mein Vater behauptet, ich wäre viel zu chaotisch und als Lehrerin müsse ich ein Vorbild sein. Manchmal weiß ich nicht, ob ich wirklich so richtig bin, wie ich bin, oder ob ich nicht erst noch etwas anderes hinzulernen muss, bevor ich mich in die Welt wagen kann."

Elena fühlte Tanjas Not. Sie kannte dieses Gefühl. Nicht zu wissen, ob man richtig ist, ob man überhaupt genug ist oder nicht ganz anders sein müsste, kann sich als eine ziemlich unerquickliche Sache entpuppen. Deshalb fragte sie: „Und was denkst du?" Ihre Stimme klang weich und einfühlsam.

Tanja hatte ziemlich viele Argumente, warum sie vielleicht nicht richtig sein könnte – als Frau, als Mutter, als Mensch – oder warum es vielleicht doch klug wäre, anders zu sein.

„Also, du solltest die ganzen Bedenkenträger, die inneren und die äußeren, endlich mal in die Wüste schicken", begann Elena sachlich. „Du bist genau richtig, so, wie du gerade bist! Du bist du! Wie kommst du nur auf die Idee, dass irgendetwas an dir falsch sein könnte? Natürlich bist du nicht das maßgeschneiderte Perfekt-Modell. Doch wer will so etwas? Die Kinder werden dich lieben, weil du Kinder liebst und wunderbar erklären kannst. Glaub mir!"

Ungläubig sah Tanja ihre Freundin an.

„Ich sehe deine Augen leuchten, wenn du von deinen Berufsplänen sprichst. Und ich kenne dich fast mein ganzes Leben! Du bist genau richtig, so, wie du bist! Und wenn jemand etwas anderes behauptet, bekommt er es mit mir zu tun. Wenn du allerdings selbst glaubst, irgendjemand anderes außer dir selbst könnte dir sagen, wie du zu sein hast, dann hast du wieder jemanden zu deinem Bestimmer gemacht. Wenn das so sein sollte, liebe Tanja, dann wird es Zeit, dass du der Bestimmer deines Lebens wirst. Dass du die Verantwortung für DEIN Leben und jetzt aktuell für deinen Berufswunsch übernimmst. Denn wenn du es nicht tust, dann wirst du bestimmt!"

Lachend schüttelte Elena ihren Lockenkopf. Geschickt angelte sie aus dem Picknickkorb zwei Teller und eine Schüssel mit Kartoffelsalat. Nachdenklich sah Tanja ihr zu. Dann sagte sie schelmisch: „Du bestimmst jetzt also, dass wir Kartoffelsalat essen sollen!" Tanja wunderte sich selbst über ihre gute Laune. Sie fühlte sich beschwingt und entspannt zugleich.

Dass Tatsache Nummer 1 inzwischen ihre Metamorphose abgeschlossen hatte und sich abflugbereit machte, nahm sie kaum war. So gut schmeckte ihr der Kartoffelsalat.

Der zweite Wind

„Ich habe mich verliebt!", sagte ich und war gespannt auf Magdalenas Reaktion. Ihr würde ich mein Geheimnis beichten. Ja, bei ihr war es sicher.

„Ich will nichts davon wissen!", rief Magdalena und hielt mir abwehrend ihre Hände entgegen.

Wie bitte? Diese Reaktion hatte ich von meiner besten Freundin nun wirklich nicht erwartet. Ich wollte doch nur meine allergeheimsten Glücksgefühle mit ihr teilen.

Magdalena Wellner und ich, Johanna Dietrich, saßen in der Braunschweiger Fußgängerzone in einer kleinen Eisdiele und genossen den ersten Eiskaffee der Saison. Die Aprilluft war warm wie im Hochsommer. Es war schon spät und ein kühler Windhauch erinnerte uns daran, dass die Tage mit Schnee und Eis noch nicht lange zurücklagen. Trotzdem genossen wir es, draußen zu sitzen und den Strom der Feierabendpassanten zu begutachten.

Solche Momente waren selten geworden. Magdalena und ich kannten uns seit unserer Schulzeit. Sie war meine beste Freundin. Deshalb konnte ich gar nicht verstehen, warum sie die neusten Nachrichten aus meinen emotionalen Erlebniswelten nicht hören wollte.

Ich schluckte, versuchte das Thema zu wechseln, etwas über ihre Kinder zu erfahren und über ihren

Berufsalltag zu schwatzen. Dann hielt ich es nicht mehr aus.

„Irgendwie macht es mich sauer, dass ich nicht mit dir darüber sprechen kann!", begann ich. Magdalena wusste sofort, was ich damit meinte. Sie holte tief Luft und rührte in ihrem Eisbecher.

„Nimm es mir nicht übel, Johanna. Du bist nun schon die Dritte, die einen beruflichen Neuanfang sucht, etwas Neues beginnt, so wie du eine Weiterbildung oder sich selbstständig macht und nun plötzlich meint, sie wäre ganz schrecklich verliebt. Als ob Schmetterlinge im Bauch immer nur mit einem Mann zusammenhängen müssen! Es scheint wie eine Krankheit zu sein, die immer dann auftaucht, wenn Frauen neu durchstarten wollen."

Unwillkürlich musste ich nun doch lachen. „Wenn es kein Verliebtsein ist, was soll es denn sonst sein?", fragte ich.

„Und du meinst, ich kann das einfach so erklären?" Fragend sah Magdalena mich an. Ich nickte.

„Ja, kannst du. Du kannst alles erklären!", sagte ich erwartungsvoll.

„Gut, ich will es versuchen", sagte sie zögernd und begann: „Endlich kannst du als Frau beruflich einmal das tun, was du schon immer tun wolltest. Du bist glücklich und du fühlst dich wie auf einer Wolke. Das Lernen macht dir Spaß. Die neuen Leute sind interessant und inspirierend. Alles geht ganz leicht und du fühlst sich so richtig wohl. Es ist fast so, als würdest du dich in einem Flow befinden."

„Ich habe keinen Floh!", kommentierte ich trocken. Magdalena sah mich irritiert von der Seite an. Sie versuchte sich zu konzentrieren.

„Nicht Floh, sondern Flow: von fließen, vergleichbar mit einem Schaffens- oder Tätigkeitsrausch", sagte sie.

„Okay, aber was hat das mit meinem Problem zu tun?", fragte ich.

„Das erkläre ich dir doch gerade. Also, du befindest dich in einem Flow. Doch du hast bisher noch nicht gelernt, dass das Leben so sein kann – leicht und schön! Deshalb suchst du, statt die Situation einfach nur zu genießen, nach Gründen für dieses Gefühl. Und wann fühlt sich eine Frau so, als hätte sie Schmetterlinge im Bauch? Wenn sie sich in einen Mann verliebt! Und schon taucht er auf. Glaub mir, dein Unterbewusstsein hat dir diesen Mann nur präsentiert, weil du einfach nicht anerkennen willst, dass dir deine Lern-Lebens-Situation Spaß macht. Du fühlst dich wohl wie ein Fisch im Wasser!"

Das mit dem Fisch im Wasser stimmte zwar, aber verstanden hatte ich trotzdem noch nicht, was Magdalena mir damit sagen wollte. Fragend sah ich sie an.

„Hat dir schon mal jemand gesagt, dass Lernen Spaß machen kann?", grinste sie.

„Ja, habe ich schon mal irgendwo gelesen …", seufzte ich.

„Hast du es schon mal erlebt? Damals in der Schule?"

Eine leichte Gänsehaut zog über meinen Rücken. Ne, an die Schulzeit dachte ich gar nicht gern. Ich schüttelte den Kopf.

„Siehst du! Das Elementarste auf der Welt wurde vielen von uns nicht beigebracht. Lernen macht Spaß und das ist vom Leben so gewollt, denn schließlich soll auch das Leben Freude bereiten!"

„Schön wäre es ja ..." Magdalena meinte das nicht ernst, oder?

„Also, wenn ich dich so beobachte. Vor einem halben Jahr warst du noch ganz anders drauf", sagte sie. Ihre braunen Augen musterten mich von oben bis unten.

„Stimmt!", grinste ich und zeigte ihr mein schönstes Lächeln. Magdalena nickte und lachte ebenfalls.

„Und was hält dich davon ab, diese Situation einfach nur zu genießen und dich zu freuen?", wollte sie wissen.

Mir fiel nichts ein, aber der ganze Stress und die viele Arbeit – machten mir zurzeit eigentlich nicht das Geringste aus.

„In dein Jammertal hast du dich doch auch genüsslich fallen lassen und ausgiebig darin gebadet", kam es ironisch von Magdalena. Ich schluckte.

„Hör auf den Rat deiner Freundin, Johanna. Genieße es! Und lass die Männer aus dem Spiel!"

„Wieso?", fragte ich scheinheilig.

„Mister X hat nichts mit deinen momentanen Glücksgefühlen zu tun. Es ist genau umgekehrt. Durch deine veränderte Ausstrahlung wirkst du auch auf die Menschen anders. Kein Wunder, dass Mister X plötzlich auftaucht und dir ein Alibi für deine Glücksgefühle liefert."

„Ja und?"

„Wenn du zwanzig wärst, wäre das vollkommen in Ordnung, weil du in der Zeit auf der Suche nach einem Mann für deine Reproduktionsphase bist. Mit fünfundvierzig solltest du eigentlich über genügend Lebensweisheit verfügen, um zu wissen, dass ein kleiner Flirt nur das Sahnehäubchen auf einem Kaffee sein kann. Du bist verheiratet, Süße! Hast du das vergessen? Und hundertprozentig ist er ebenfalls verheiratet. Lass mich raten: Er ist Professor oder Dozent an deiner Fachhochschule?

He, Johanna, wach auf. Die Zeiten der Jungmädchenträume sind vorbei. Du darfst jetzt Spaß am Leben haben, ohne deinen Lehrer anzuschmachten!"

Prompt fand ich mich in einem Tagtraum wieder. Ich, vielleicht zehn Jahre alt und unsterblich verliebt in meinen Biolehrer. War schon etwas dran an Magdalenas Spötteleien.

„Warst du auch so unsterblich in Steffen Marten verliebt?", fragte ich sehnsuchtsvoll.

„Mmm!", nickte Magdalena, und zwei Frauen, die normalerweise mitten im Leben stehen, begannen zu kichern wie zwei Teenager.

„Ein so schöner Mann ...", hauchte ich.

„Hast du mal gesehen, wie er heute aussieht? Den Kopf kahl rasiert und unheimlich fett!" Wir verzogen unsere Gesichter und fingen wieder an zu kichern. Einige Passanten blieben stehen und sahen schon zu uns herüber.

„Komm, lass uns zahlen und zu Karstadt gehen. Ich muss noch einige Dinge erledigen", sagte ich. Der Kellner kam gerade an unserem Tisch vorbeigeflitzt. Wenige Minuten später gingen wir die Breite Straße entlang in Richtung Karstadt.

Innerlich musste ich grinsen. Der Gedanke, einen Floh zu haben oder mich in einem Flow zu befinden, gefiel mir ausgesprochen gut. Ja, sollte der kleine Glücksfloh mich ruhig begleiten und mir helfen, weiterhin in diesem Flow zu schwimmen, denn das fühlte sich unheimlich gut an.

Nach einer langen Phase der Stagnation hatte das Weiterbildungsstudium neuen Wind in mein Leben gebracht. Ich wusste endlich, in welche Richtung sich mein Leben in Zukunft weiterentwickeln sollte. Unwillkürlich musste ich an meine Kinder denken, die, als sie klein waren, in den Abendstunden noch einmal so richtig aufdrehten. Voller Energie schafften sie es, ihre Eltern ohne Unterlass zu beschäftigen. Second Wind nennt sich diese abendliche Phase bei Kindern. Cool, und jetzt war ich dran. Mein „zweiter Wind" fühlte sich ausgesprochen fantastisch an. Und das in meinem Alter! Wer hätte das gedacht?

Den Schmetterlingen in meinem Bauch verordnete ich erst einmal einen kleinen Urlaub, denn was war, wenn Magdalena tatsächlich recht hatte und ich dabei war, mir ein Illusionsgebäude aufzubauen?

Weihnachten darf so sein

Unschlüssig stand Marie im Wohnzimmer und begutachtete den vor ihr stehenden Tannenbaum. Eine ebenmäßig gewachsene Fichte streckte ihre dunkelgrünen Zweige selbstbewusst in den Raum. Kurze Zeit später erstrahlte der kleine Weihnachtsbaum im funkelnden Glitzerlicht, als säßen tausende Sternchen in seinen Zweigen.

Jahrelang hatte Marie sich erfolgreich gegen elektrische Kerzen am Tannenbaum gewehrt. Sie liebte es konventionell, rote Tannenbaumkerzen aus Wachs. Sie wollte das Echte, den Geruch von Kerzenwachs, die Wärme der kleinen Flammen, diese heimelige Atmosphäre eines Tannenbaums, wie sie ihn schon seit ihrer Kindheit kannte. Glänzende Kugeln, bunte Holzfiguren, Sterne aus Kristallglas, all das gab dem Baum seinen weihnachtlichen Glanz – jedes Jahr wieder, möglichst immer gleich.

An diesem Weihnachtsbaum war nichts Märchenhaftes. Spärlich verteilt in den Tannenzweigen mit den kleinen Lichtlein hingen rote Weihnachtsbaumkugeln. Das war alles.

Michael, ihr Mann, und Lisa, ihre Tochter, standen vor dem Baum und bewunderten ihr Werk. Sie strahlten über das ganze Gesicht. Der Tannenbaum wäre wunderschön, behaupteten sie. Jede weitere Dekoration sei vollkommen überflüssig, würde nur die Schönheit dieses Baumes verschandeln.

Marie schluckte. Ihr Mund war trocken, ihr Herz schmerzte. Versonnen nickte sie. Dann soll es so sein. Sie war zu müde, um ihren Lieben an diesem Nachmittag zu widersprechen. Bis gestern hatte sie gearbeitet. Der vorweihnachtliche Rummel war wie jedes Jahr anstrengend gewesen. Zwischen Weihnachten und Neujahr blieb ihr kleines Ladengeschäft zwar geschlossen, doch gleich im neuen Jahr würde es wieder stressig losgehen. Doch nun – endlich ein paar freie Tage.

Seufzend ging Marie um den Weihnachtsbaum herum, betrachtete sein dezentes, sehr reduziertes Aussehen. Und ihr wollt wirklich nicht? Nein?

In diesem Jahr sollte Weihnachten anders werden, so hatte sie es sich Anfang des Jahres vorgenommen. Sie würde rechtzeitig die Geschenke einkaufen und für die Weihnachtsdekoration wollte sie sich schon vor dem ersten Advent ausreichend Zeit nehmen. Wie jedes Jahr kam Weihnachten dann wieder so plötzlich, stand einfach vor der Tür, obwohl Marie Weihnachten noch längst nicht eingeplant hatte.

In diesem Jahr sollte es keine Gutscheine geben. Marie und Michael wollten gemeinsam in die Stadt fahren, um Weihnachtsgeschenke zum Anfassen einzukaufen – Vorfreude erleben. Dann bevölkerten viel zu viele Menschen die Stadt, so dass die beiden schon zwei Stunden später ihr Vorhaben aufgaben.

Die Folge war, dass Marie bis vor wenigen Tagen nicht die geringste Idee hatte, was sie ihren Lieben zu Weihnachten schenken könnte. Keiner von ihnen war in der Lage gewesen, sich seine Wünsche bis Weihnachten aufzubewahren. In diesen Zeiten der sofortigen Bedürfnisbefriedigung blieb deshalb nichts übrig, womit man ihnen zum Weihnachtsfest eine Freude bereiten konnte. Und von nutzlosen Dingen wollten sie bitteschön verschont bleiben. Marie kaufte Konzertkarten und Konfekt, damit sie wenigstens einige kleine Päckchen packen konnte.

Zu ihrer Vorfreude gehörte es, die Weihnachtsgeschenke liebevoll zu verpacken und wunderschön zu dekorieren, um sie dann unter dem Lichterbaum zu stapeln. All das gehörte in ihren Vorstellungen zu Weihnachten, genauso wie das Keksebacken. In diesem Jahr gab es nichts zu stapeln.

„Nicht einmal die Freude am Schenken bleibt einem!", sinnierte Marie, während sie sich nach den alten Zeiten sehnte.

Früher, ja früher da hatten die Kinder Wunschzettel geschrieben. Schon Wochen vor dem Fest freuten sie sich auf Heiligabend und ihre Augen leuchteten, wenn sie die Päckchen unter dem Tannenbaum erspähten. Sie lachten vor lauter Aufregung und Ihre Wangen glühten vor Freude, ja früher!

Zwischen früher und heute lagen viele Weihnachtsfeste, auch Festtage, die nicht so besonders erfreulich verlaufen waren. Es gab Erinnerungen, die ihren Atem zum Stocken brachten und ihr noch heute die Tränen in die Augen trieben, wie der Tod ihrer Mutter oder Bastis Unfall vor drei Jahren, als sie Heiligabend auf der Intensivstation verbrachten. Nein, an diese Dinge wollte sie nicht denken, nicht heute. Und doch tauchten sie gerade heute immer wieder aus dem Keller der Erinnerungen auf, machten sie traurig.

Sebastian, ihr Sohn, hatte sich inzwischen gut erholt. Die Knochenbrüche waren verheilt, die Zeit der Genesung war abgeschlossen. Voller Freude und Zuversicht stand er im Leben, war erfolgreich im Beruf und gerade dabei, eine eigene Familie zu gründen.

Nur in ihrem Leben gab es diese Momente, in denen ihr immer noch fast das Herz stehen blieb, nur weil sie daran denken musste, dass sie ihren Sohn in dieser Heiligen Nacht fast verloren hätte.

Dann wieder gab es Weihnachtsfeste, da flogen die Fetzen. Manchmal hatte Marie den Verdacht, die Geschwister hätten sich zum Streiten verabredet, nur weil es besonders schön und festlich sein sollte. Obwohl die beiden inzwischen erwachsen waren, führten sie diese Tradition fort, fast so, als wäre Streiten ein Weihnachtsritual. Rücksicht auf die Gefühle der Eltern – Fehlanzeige.

Doch es gab auch viele schöne Festtage, Tage, an die sich Marie gerne erinnerte und bei denen ihr warm ums Herz wurde, allein wenn sie an diese Feste dachte.

Erfahrungen, Gefühle und Erinnerungen vieler Jahre barg Marie in sich, wie in einem gut gefüllten Keller, in dem ein heilloses Durcheinander herrschte. Besonders zu den Festtagen drohte dieses Gefühlchaos gefährlich außer Kontrolle zu geraten. Von einer Minute zur anderen schwappte ein anderes Gefühl an die Oberfläche. Von Lachen bis Weinen, von Wut bis Verzagtheit, alles war möglich.

Obwohl Marie es nie zugeben würde, tauchte in ihr zuweilen der Verdacht auf, sie könne sich gar nicht mehr richtig über Weihnachten freuen, sondern wäre nur noch eine Statistin in einem Theaterstück und dieses Schauspiel hieß „Weihnachten". So wie im letzten Jahr.

Permanent hatte sie das Gefühl, sie würde nur noch funktionieren, wie durch unsichtbare Fäden gelenkt und vorangetrieben. Nur ja nicht denken, nur ja nicht fühlen! Wer weiß, was da hervorbrechen könnte.

Jetzt gehörte sie also auch zu den Menschen, die sich wünschten, diese Tage mögen doch bitte möglichst schnell vorbeigehen. Hätte man ihr das vor einigen Jahren vorhergesagt, sie hätte nur gelacht und behauptet: „Weihnachten ist wunderschön! Ich liebe diese Tage!"

Weihnachten war tückisch. Diese vermeintlichen „festlichen" Tage glichen einer Gefühlsachterbahn, die es in sich hatte. Permanent musste man auf der Hut sein.

Ja, der Tannenbaum sah schön aus! Keine Erinnerungsstücke an die vergangenen Jahre. Keine geerbten Kristallsterne von Mama, die sie jedes Jahr wieder zu Weihnachten zum Weinen brachten. Keine Holzfiguren, die sie zusammen mit den Kindern auf dem Weihnachtsmarkt gekauft hatte und doch so fürchterlich kitschig waren. Keine roten Schleifen, die so und so nur ein schwacher Versuch waren, den Weihnachtsbaum ein wenig aufzuhübschen.

Nein, dieser Baum war neutral, trug keine Erinnerungsfallen an seinen Zweigen. Er stand stolz im

Glanz der kleinen glitzernden Lichtlein im Wohnzimmer und wirkte fremd und wohltuend zugleich. Das Kerzenlicht spiegelte sich in den roten Kugeln. Es sah nett aus.

„Okay, wenn ihr damit zufrieden seid, bin ich es auch", sagte Marie freundlich.

„Wir sollten unbedingt die Ente in den Ofen schieben, sonst wird es nichts mit dem köstlichen Entenbraten zum Heiligabend!", lachte sie unruhig und wollte aufspringen, um in die Küche zu eilen.

„Papa und ich haben Kartoffelsalat gemacht, als du dein Nickerchen gehalten hast. Wir haben etwas umdisponiert. Es gibt Kartoffelsalat und Würstchen!", hielt Lisa ihre Mutter zurück.

Kartoffelsalat und Würstchen? Dieses schlichte Gericht stand nun wirklich nicht auf Maries Plan zur Erzeugung einer festlichen Weihnachtsstimmung. Heiligabend gab es Ente, es hatte immer Ente gegeben, mit Rotkohl und Klößen ...

„Und die Ente?", fragte sie leise, unschlüssig, ob sie sich freuen oder enttäuscht sein sollte.

„Och Mami, die fliegt schon nicht davon. Die mache ich dir am dritten Weihnachtstag, versprochen", lachte Lisa. In diesem Jahr würde Lisa die gesamte Zeit bis Silvester bei ihnen verbringen. Basti feierte Heiligabend mit seiner eigenen kleinen Familie und hatte Marie, Michael und Lisa zum Essen am ersten Weihnachtstag eingeladen.

Englische Weihnachtspopsongs dröhnten aus den Lautsprecherboxen. Die Musik war nicht störend, nur ungewohnt. Keine Harfenklänge, keine traditionellen Weihnachtlieder und kein Gospelchor wie in den vergangenen Jahren, um langsam eine feierliche Stimmung herbeizuzaubern. Während es draußen zu dämmern begann, erfüllte Tanzmusik den Raum und kündete von einem Christmas der beschwingten Art.

„Setz dich einfach. Ich habe Kaffee gekocht. Nach dem Kaffeetrinken decke ich den Esstisch. Und dann gibt es Bescherung!", lachte Lisa verschmitzt und schob ihre Mutter in Richtung Sofa.

Marie dachte an den Vormittag, die Hektik beim Saubermachen, denn alles sollte doch schön sein. Ihre Unsicherheit, ob sie ja an alle Köstlichkeiten gedacht hatte, schließlich sollte ihre Familie sich wohlfühlen. Wie jedes Jahr war ihr Anspruch, wie ein schönes Weihnachtsfest auszusehen hatte, groß. Es gab so viel zu tun … So viel, unmöglich, alles zu schaffen.

Beim Wienern der Küchenspüle kamen ihr vor lauter Anspannung fast die Tränen. Ein Satz aus ihrem Meditationsbuch kam ihr in den Sinn: „Und ich gebe auf, was ich nicht schaffen kann und konzentriere mich auf das, was ich schaffen kann!" Diese Worte drückten in ihrer Schlichtheit aus, wonach Marie sich so sehr sehnte.

Marie sprach den Satz noch einmal leise vor sich hin. Dann legte sie das Putztuch beiseite. Augenblicklich hatte sie das Gefühl, sie müsse dem riesigen Rucksack, der sich gerade von ihren Schultern verabschiedete, hinterherwinken. Sie schmunzelte, so leicht wurde ihr ums Herz. Wieder waren es ihre eigenen Ansprüche gewesen, die ihr das Leben schwer machten. Zeit für ein kleines Mittagsschläfchen.

„Schließlich wollen wir das Fest der Liebe feiern und nicht das Fest der gestressten Mutter", sagte sie sich und vertagte den Gedanken an den Berg der noch zu erledigenden Weihnachtsvorbereitungen.

„Spartanisch und einfach wird es heute zugehen!", dachte Marie, als sie es sich auf dem Sofa bequem machte. Dem ganzen Feiertagsstress ein Ende setzen, dem Karussell der widersprüchlichen Gefühle entfliehen und frei sein von allen Weihnachtsfeeling-Wunschvorstellungen. Das fühlte sich gut an.

„Ja, spartanisch und einfach, das ist genau das, was mir heute guttut!" Marie griff nach einem Stück Lebkuchengebäck und lehnte sich genüsslich zurück. Der frisch aufgebrühte Kaffee duftete aromatisch – köstlich.

„Hübsch sieht er aus, der kleine Tannenbaum – in seiner Schlichtheit. Wie gut er doch gewachsen ist. Und was für ein großes Glück ich doch habe. Wir – hier – zusammen – so voller Frieden!"

Marie ertappte sich dabei, zufrieden zu sein, mit sich und irgendwie allem.

Der Beschwerdebrief

Verbittert saß Sophie auf ihrem Stuhl im Zuschauerraum der heimischen Stadthalle. Mit missmutigem Blick verfolgte sie die Show einer Jazz-Dance-Gruppe, die anlässlich der Abiturfeier ihrer Nichte Nicole die anwesenden Gäste mit einer Tanzvorführung bezauberte. Die jungen Tänzerinnen bewegten sich in einem atemberaubenden Tempo über die Bühne und boten dabei immer neue Tanzarrangements dar, so leichtfüßig und in einer so quirligen Weise, dass man instinktiv den Atem anhielt. Neidvoll beobachtete Sophie die eleganten Bewegungen der jungen Frauen, wie sie sich grazil und spielerisch drehten und fast wie von selbst von einer Tanzfigur in die nächste schwebten. Die Choreografie war meisterhaft.

Jetzt wusste Sophie es definitiv. Sie war alt. Jahre trennten sie von dieser Beweglichkeit. Nie wieder würde Sophie sich so leichtfüßig und geschmeidig bewegen können.

Missmutig kauerte sie sich in ihrem Stuhl zusammen und musste daran denken, dass ihr alle Knochen wehtaten und ihr sogar das Einsteigen ins Auto schwerfiel. Noch nie hatte sie sich so alt und so unbeweglich gefühlt wie beim Anblick dieser Tanzgruppe.

Seit drei Wochen nun schleppte sie sich wie ein Wrack schneckenartig von Ort zu Ort. Am liebsten hätte sie sich gar nicht mehr bewegt, denn alles, ja alles, tat ihr weh und alles war so und so Sch… Wäre es nicht Nicoles Abschlussfeier gewesen, nicht im Traum hätte sie daran gedacht, sich aus dem Haus zu bewegen.

Mit ihren lahmen Knochen hatte sich auch Sophies Lebensfreude verabschiedet. Freudlos bewegte sie sich durch den Tag und vertrieb mit ihrem mürrischen Gesicht ihre Gesprächspartner.

„Und wenn schon", dachte sie, „ist mir doch egal." Sie litt. Seit Tagen bestand ihr einziges Ziel darin, sich möglichst wenig zu bewegen.

„Schon seltsam, wie die eigene Welt sich von einer Minute zur anderen verändern kann", dachte Sophie. Eben noch schleppte sie die Einkäufe vom Wochenmarkt in die Küche, im nächsten Moment klammerte sie sich an die Küchenspüle. Autsch – das hatte wehgetan.

Ausgerechnet am Freitagnachmittag! Alle Ärzte hatten schon geschlossen. Natürlich hielt Sophie es nicht für sinnvoll, einen Notarzt aufzusuchen, und selbstverständlich wollte sie auf Schmerzmittel möglichst verzichten.

„Es wird sich schon wieder einrenken", dachte sie. Weit gefehlt, von alleine renkte sich nichts ein. Sophies Knochen dachten nicht daran, sich nach ihren Wünschen zu richten. So wurde jede Bewegung, die im Alltag sonst ganz nebenbei erledigt wurde, zu einem Spektakel, das exakt geplant werden wollte. Alles nur, damit Sophie so wenig Schmerzen wie möglich erleiden musste.

Die anfängliche Hilfsbereitschaft der Familienmitglieder wich schnell einem Aus-dem-Wege-Gehen. Ihr Chiropraktiker, den sie dann doch zu konsultieren beschloss, hatte erst zwei Wochen später einen Termin für sie.

„Können Sie sich bewegen?", hatte er sie am Telefon gefragt und: „Können Sie arbeiten?" Wahrheitsgemäß beantwortete Sophie diese beiden harmlosen Fragen mit „Ja", denn schließlich konnte sie sich ja bewegen, nur eben mit Schmerzen, und ja, arbeiten konnte sie auch. An ihrem Schreibtisch im Büro der Firma Müller & Co. konnte sie still sitzen und musste sich nicht viel bewegen und ihre Hände waren ja nicht betroffen. Mit eisernem Willen stand sie die zwei Wochen durch.

Plötzlich verstand Sophie, warum viele kranke Menschen so verbittert aussehen. Das Leben wird einem zur Qual, wenn man Schmerzen hat. Fast zeitgleich mit dem Leiden steigt das Bewusstsein, dass man ganz auf sich selbst zurückgeworfen wird. Auch wenn liebe Menschen versuchen, einem das Leben so leicht wie möglich zu gestalten, mit dieser Körperkatastrophe sitzt man ziemlich alleine dran.

Nach dem Besuch beim Chiropraktiker fühlte Sophie sich wie neu geboren. Sie konnte sich wieder bewegen! Herrlich! Voller Freude tanzte sie im Haus herum. Zwei Tage später passierte die ganze Chose ein zweites Mal. Spätestens zu diesem Zeitpunkt begriff Sophie, ihr Körper beschwerte sich über irgendetwas.

„Irgendetwas an meinem Lebensstil missfällt meinem Körper", seufzte Sophie, „doch was nur?"

Warum konnte ihr Körper ihr nicht einen anständigen Beschwerdebrief schreiben, statt ihr diese blöden Schmerzen aufzuhalsen, fragte sie sich.

„Rückenprobleme können sich zu einem Dauerproblem entwickeln", sinnierte sie. Nachdenklich rutschte sie auf dem Sofa hin und her.

„Das will ich auf keinen Fall! Mir reichte diese Kostprobe aus, um zu wissen, dass Bewegungslosigkeit nun wirklich nicht mein Ziel ist!", stellte sie aufgebracht fest und holte tief Luft.

„Was kann es da schaden, wenn ich mich meinem Problem einmal von der emotionalen Seite nähere?" Seit einiger Zeit beschäftigte Sophie sich mit alternativen Heilmethoden und langsam begann sie, das System Körper mit anderen Augen zu sehen. Erfreut darüber, dass sie ihrer Körperkatastrophe vielleicht doch nicht ganz so hilflos ausgeliefert war, wie sie bisher dachte, stand sie auf. Das war der Moment, in dem ein Grinsen in Sophies Gesicht einzog.

So und so zur Langsamkeit verurteilt, holte sie sich Stift und Papier und begann damit, all ihre Gefühle aufzulisten, die ihr in Zusammenhang mit ihren körperlichen Beschwerden in den Sinn kamen.

Bewegungslos – machtlos – hilflos – unfähig, etwas zu bewegen – halsstarrig – starr. Sophies Liste machte ihr deutlich: Sie fühlte sich zu machtlos, um etwas zu bewegen, und war halsstarrig, wollte sich ihrem jetzigen Schicksal nicht beugen, was zum Teil ja stimmte, denn um nichts in der Welt wollte sie sich mit diesem „Bewegen = Schmerzen" abfinden.

„Ist das jetzt etwa dieses ‚Ich kann mich mit meinem Alter nicht abfinden?' oder ‚Wenn man über fünfzig ist, morgens aufwacht und nichts schmerzt, ist man tot'?", fragte sie sich.

Um diesen kollektiven Glaubenssätzen keine Kraft zu geben, ließ sie in Gedanken all die in körperlicher Gesundheit alt gewordenen Ahnen vor ihrem geistigen Auge vorbeiziehen. In Sophies Leben gab es ganz, ganz viele Menschen, die noch im hohen Alter körperlich und geistig aktiv gewesen waren. Am Ende ihres Lebensweges ließen zwar die körperlichen Kräfte nach, doch den größten Teil ihres Alters verbrachten sie in guter Gesundheit. Daran wollte Sophie denken und nicht an die ganzen anderen Geschichten, die sich immer wie kleine Dämonen in ihre Gedanken schlichen, um ihre positive Lebenseinstellung einzunebeln.

Alt sein war es also nicht, was ihre Knochen im wahrsten Sinne des Wortes dazu bewog, aus der Reihe zu tanzen, denn es war das Hüftgelenk, das sich immer wieder verschob und dadurch diese immensen Schmerzen verursachte.

Eine Körperbotschaft? Doch welche? Weil sie den Beschwerdebrief ihres Körpers allein nicht entziffern konnte, blätterte Sophie in dem Heftchen „Heile deinen Körper" von Luise Hay, um die seelisch-geistigen Gründe für ihr körperliches Problem zu ergründen.

„Hüfte – trägt den Körper in vollkommenem Gleichgewicht. Wichtigster Aspekt beim Vorankommen", stand in dem Büchlein. Bei Problemen mit der Hüfte empfiehlt Luise Hay das neue Gedankenmuster: „In jedem neuen Tag liegt Freude. Ich bin ausgeglichen und frei."

Ausgeglichen und frei? Gleichgewicht? Sophie dachte an ihr jetziges Leben, daran, dass sie sich schon seit langer Zeit in ihrem Beruf nicht mehr wohlfühlte und dass erwachsene Kinder haben etwas ganz anderes ist, als kleine Kinder zu betreuen. Sophies Verantwortlichkeiten hatten sich geändert.

„Ich befinde mich in einer neuen Lebensphase!", stellte sie erleichtert fest und wunderte sich darüber, dass ihr diese Banalität erst jetzt so richtig deutlich wurde.

„Und", fragte sie sich, „bin ich denn schon angekommen?" Schmerzlich dachte sie daran, wie sehr sie noch dem Alten nachtrauerte.

Entsprachen ihre angewandten Lebensstrategien möglicherweise nicht der jetzigen Lebenssituation? Gab es da etwas nachzuholen oder etwas, was sie ändern sollte? Fragen über Fragen.

In Gedanken überprüfte Sophie ihre angewandten Strategien zur Beseitigung der jetzigen körperlichen Unerquicklichkeiten.

Ihr bisheriges Vorgehen war, still im Jammertal zu sitzen, dort zu verharren und sich möglichst wenig zu bewegen.

Diese Strategie hatte zu einem erneuten Beschwerdebrief ihres Körpers geführt, einschließlich eines erneuten Besuchs bei Carl Johannson, ihrem Chiropraktiker. Carl war zwar nett und jung, ja, er sah sogar ausgesprochen gut aus, jedoch war er nicht so charmant, dass Sophie ihn regelmäßig wiedersehen wollte.

„Ich brauche also eine neue Strategie!", stellte Sophie seufzend fest.

„Wenn Ruhe nicht taugt, hilft vielleicht Bewegung!" Um zu testen, wie weit dieser Plan sie bringen würde, erhob sie sich mühsam vom Sofa, stellte sich so hin, dass ihre Beine hüftbreit auseinander standen, und begann, mit den Hüften zu kreisen.

Eigentlich hatte sie erwartet, dass sie dieses gewagte Vorhaben sofort würde wieder beenden müssen, doch erstaunlicherweise freute sich ihr Körper über diese Lockerungsübung. Mit jedem weiteren Hüftschwung fühlte sie sich beweglicher – freier.

Daraufhin bedankte sich Sophie bei ihrem Körper für den Beschwerdebrief und beschloss, dass Yoga in ihrem Leben nicht weiterhin nur ein mystischer Begriff bleiben sollte. Im Zuge ihrer Strategieerneuerung zur Bedarfsbefriedigung der körperlichen Wünsche buchte sie einen Yoga-Kurs.

Bereits wenige Wochen regelmäßigen Übens brachten ihr gleich mehrere Überraschungen: Erstens, sie fühlte sich wesentlich beweglicher und fitter als in dem ganzen Jahr vor ihrer Körperkatastrophe. Zweitens, ihre Schmerzen hatten sich in nichts aufgelöst. Drittens, sie kam wieder in ihre gewohnte seelische Balance und viertens, sie war endlich nicht mehr neidisch auf junge Frauen. Voller Vorfreude buchte sie für sich und ihre Nichte Nicole eine Karte für das Tanzfestival Movimentos in der Autostadt in Wolfsburg.

Das eiserne Gesetz

Als Elsbeth begann sich zu fragen, ob auch sie mit dem eisernen Gesetz „Du sollst nicht fühlen" aufgewachsen war, musste sie sich erst einmal setzen. Schon allein der Gedanke, es könnte so sein, brachte ihr bisheriges Selbstbild völlig durcheinander.

Sie rang nach Luft. Eine unsichtbare Klammer hatte sich um ihr Herz gelegt und machte ihr das Atmen schwer.

„Was ist nur los mit mir?", fragte sie sich. Sie fror. Obwohl sie auf einem weichen Sofa saß, fühlte sie sich innerlich wie erstarrt.

Elsbeth war froh, heute frei zu haben. Lange schon hatte sie sich auf diesen Urlaubstag gefreut, wollte mal so richtig ausspannen und sich etwas Gutes tun. Und nun das!

Es waren diese vier Worte „Du sollst nicht fühlen!", die sie schon seit einigen Tagen in ihrem Herzen hin und her schob. Es war, als könnten sich die Worte nicht entscheiden, ob sie gehen oder bleiben wollten. Instinktiv wusste Elsbeth: Diese Worte waren für sie bestimmt. Doch warum?

Hätte es sich bei den Worten um einen Koffer gehandelt, hätte Elsbeth ihm zugerufen: „Du bist auf dem falschen Bahnhof gelandet!" Bedauerlicherweise trug der Koffer ein Schild und auf diesem Schild stand Elsbeths Name. Nun stand er einfach da, doch immer noch weigerte sich Elsbeth, ihn in Empfang zu nehmen.

„Alles ist gut!", flüsterte sie sich beruhigend zu und atmete tief durch. Sie versuchte sich auf ihren Atem zu konzentrieren, möglichst alles andere auszublenden.

„Wo habe ich diese Worte nur aufgeschnappt?", fragte sie sich. „Das eiserne Gesetz: Du sollst nicht fühlen!? Und was hat das mit mir zu tun?"

Vage erinnerte sich daran, dass sie in einer Zeitschrift einen Bericht über die Nachkriegszeit gelesen hatte. In diesem Artikel wurde von der emotionalen Verdrängung schreckensbesetzter Erlebnisse und deren Folgen berichtet.

Auch Elsbeth war in der Nachkriegszeit aufgewachsen. Als Kind dieser Zeit hatte sie viele Menschen gekannt, die ihre Gefühle nicht zeigen konnten. Oder wollten? Durch das Lesen des Zeitschriftenartikels war ihr bewusst geworden, dass das Zeigen von Emotionen für manche Menschen dem Öffnen der Büchse der Pandora glich. Menschen, die traumatische Erlebnisse hinter sich hatten, kapselten die dazugehörigen Gefühle oft ein, verschlossen sie tief in ihrem Inneren und vermieden jegliche Konfrontation mit ihnen. Was wäre wenn? Würde man es aushalten können, wenn sie an die Oberfläche krochen? Oder würden sie einen davonspülen, weil das Erlebte so schrecklich, so schmerzhaft oder so bitter war? Was, wenn mit den Gefühlen die Erinnerungen nach oben gespült wurden? Der Schrecken, die Angst, die Scham … Könnte man das ertragen? Oder würde man womöglich verrückt werden oder gar nicht mehr leben wollen? Und dann?

Dass Menschen, insbesondere Kinder, die den Krieg erlebt hatten, oder generell Menschen, die ein Trauma erlitten hatten, ihre Gefühle abkapseln, um weiterleben zu können, hatte Elsbeth schon oft gelesen. Sie konnte dieses Verhalten sogar sehr gut verstehen, denn auch sie vermied es, an die dunklen Tage ihres Leben zu denken, und bemühte sich, immer nach vorne zu schauen. Nur, was hatte dieses Nachkriegsthema mit ihr zu tun?

Sie war in der Wirtschaftswunderzeit aufgewachsen. Trotz der bescheidenen Verhältnisse waren ihre Eltern stets bemüht, ihr jeden Wunsch zu erfüllen. Sie hatte eine glückliche Kindheit gehabt. Warum also brachten diese vier Worte sie so durcheinander?

Angefangen hatte das Dilemma beim Aufwachen in der Frühe. Beim Übergang aus der Traumwelt in den Tag, als sie sich gefragt hatte, ob das Aufwachsen in einer Stimmung der verdrängten Gefühle Auswirkungen auf ein Kind haben kann.

Kinder nehmen die verborgenen Emotionen der Erwachsenen wahr, egal ob diese es wollen oder nicht. Kleine Kinder sind empfänglich für die kleinsten Stimmungsschwankungen ihrer Eltern und spüren instinktiv die Diskrepanz zwischen dem gesprochenen Wort und der wahrgenommenen Emotion. Diese Widersprüchlichkeiten sind es dann, die das kindliche Gefühl für wahr und unwahr durcheinanderbringen und unter denen man dann noch manchmal als Erwachsener leidet. Kindern gegenüber immer ehrlich sein? Wer kann das schon?

Was den Ausdruck von Gefühlen in Elsbeths Kindheit betraf, da waren die Erwachsenen ehrlich gewesen. „Sei nicht so sensibel! Reiß dich zusammen, so schlimm ist es doch gar nicht! Nimm es dir nicht so zu Herzen, es lohnt sich nicht! Du kannst niemandem trauen! Fakten lügen nicht, deine Gefühle schon!" – Das Repertoire an Redewendungen, das Elsbeth durch den Kopf ratterte, zeigte ihr eindeutig, dass Gefühle zu zeigen in Elsbeths Kindheit nicht erwünscht gewesen war.

Mutter und Vater, Elsbeths große Vorbilder, zeigten wenige Emotionen. Ihr Verhalten war sehr gefühlsreduziert. Aber war das damals nicht bei fast allen Erwachsenen so? In den Fünfzigerjahren verhielten sich die Menschen einfach so. Man arbeitete hart und man feierte, suchte nach dem kleinen Glück. Die Katastrophen eines Kindes, wie eine zerbrochene Puppe oder der Tod eines Haustieres, wurden kaum wahrgenommen oder kleingeredet. Viel zu unwichtig im Vergleich zu … Im Vergleich zu was? Das große WAS blieb unausgesprochen und waberte doch als dunkle Bedrohung durch den Raum.

Trauer, Zweifel, Wehmut, Wut, Liebe, Sehnsucht und Eifersucht, alles Emotionen, die man sich lieber nur in den Fernsehfilmen oder im Kino ansah. Man sehnte sich danach, sie selbst einmal erleben zu können, doch im realen Alltag des deutschen Bundesbürgers waren sie selten zu finden.

Jede Generation hat ihre Zeit und jede Zeit hat ihre Sitten und Gebräuche. Der Zeitgeist von damals war geprägt von den Erlebnissen und Erfahrungen aus dem Zweiten Weltkrieg, den historisch dokumentierten, aber vor allem von den in den einzelnen Familien erlebten – erlittenen. Die Kinder der Nachkriegszeit wuchsen im Klima dieses Zeitgeistes auf. Natürlich wurden sie durch ihn geprägt!

Mit ihren fünfzig Jahren hatte Lisbeth auch andere Zeitepochen durchlebt, der Kalte Krieg, die Umbruchphase der Achtzigerjahre, die Emanzipationsbewegung, das Computerzeitalter und, und, und … Das gesellschaftliche und politische Klima von heute war mit dem von vor fünfzig Jahren nicht mehr zu vergleichen.

Dass in ihr die kleine Elsbeth von damals überlebt hatte, das Gefühl eines kleinen Mädchens, das den Dogmen der damaligen Zeit hilflos ausgeliefert war, begriff Elsbeth erst an diesem Frühlingsmorgen.

„Du sollst nicht fühlen!" Wie macht man das, wenn man klein ist und traurig, weil die geliebte Puppe ihr Bein verloren hat? Wenn keiner da ist, der einen tröstet? Wenn niemand einem zuhört, weil das Gefühl eines Kindes nicht wichtig genug war? Man verschließt das Weinen ganz tief in seinem Herzen und nimmt sich vor, nie mehr zu weinen, um die Erwachsenen nicht traurig zu machen.

Als Elsbeth die Tränen kamen, weil sie Mitgefühl mit dem traurigen kleinen Mädchen bekam, fühlte es sich gut an. Inzwischen war Elsbeth eine alte Frau. Die Erfahrung der Höhen und Tiefen ihres Lebens hatte sie gelehrt, dass man schmerzhafte Gefühle sehr wohl aushalten kann, sie zulassen kann, um sie dann gehen zu lassen.

War jetzt die Zeit gekommen, sich der Gefühle der kleinen Elsbeth anzunehmen – nachzuholen, was sie bisher an Emotionen verdrängt hatte? Sah sie deshalb das kleine Mädchen vor ihrem inneren Auge so deutlich vor sich stehen?

Elsbeth stellte sich vor, dass sie das Kind liebevoll in den Arm nahm und tröstete. „Du darfst deine Gefühle zeigen, hörst du! Gefühle sind etwas Gutes! Schmerzhafte Gefühle kann man aushalten. Sie tun zwar weh, doch sie gehen vorbei. Lass deine Gefühle zu! Hab keine Angst. Ich halte dich!", flüsterte sie sich selbst zu.

„Gib mir all deine Gefühle, die dich belasten! Ich kümmere mich!", sagte Elsbeth zu ihrem verletzlichen inneren Anteil, denn sie wusste, jedes Gefühl, das einfach sein darf, hört auf wehzutun. Und weil sie um die innige Verbindung zwischen ihrem kindlichen Anteil und ihrem erwachsenen ICH wusste, fügte sie noch still hinzu: „Dein Herz zu meinem Herz, mein Herz zu deinem Herz. Wir sind eins!"

Es dauerte eine Weile, bis Elsbeth die tröstliche Empfindung bekam, das imaginäre Kind in ihrem Arm würde sich entspannen und vertrauensvoll seinen Kopf an ihre Brust legen. Ein liebevolles Gefühl breitete sich in Elsbeths Herzen aus und löste die Klammer um Elsbeths Brust. Endlich konnte sie wieder frei atmen.

Schon eine Stunde später stieg Elsbeth in den Bus, um sich in der Stadt mit ihrer Freundin zu treffen. Was für ein wundervoller Frühlingstag! Elsbeths Herz lachte beim Anblick der blühenden Sträucher und Blumen und sie freute sich wie ein Kind über ihren freien Tag.

Gleicher Art

Es trafen sich zwei Topfpflanzen beim Kaffeeklatsch. Sie waren gleicher Art, wunderschöne Begonien. Die eine Begonie, ich nenne sie Frieda, war rot und kam mit einer jungen Frau namens Olga.

Olga hatte ihre kleine Topfblume lange Zeit in einer dunklen Ecke des Esszimmers stehen gehabt. Jetzt, nachdem sie eine Blume für diesen Anlass brauchte, erinnerte sich Olga an die kleine klatschmohnrote Begonie auf ihrer Fensterbank.

„Na, gut schaust du ja nicht mehr aus, aber für Carinas Begonien-Fenster wird es wohl reichen", sagte sich Olga und verpackte die Blume in buntes Papier, um sie Carina zu schenken.

Carina, die Gastgeberin der Kaffeerunde, hatte sich Begonien für ihr neues Blumenfenster gewünscht. Liebevoll nannte sie dieses Blumenfenster ihr „Begonien-Fenster". Ihre beiden Freundinnen nahmen die Anregung gern auf und brachten zu diesem lockeren Frauennachmittag jeweils eine Pflanze mit.

Auch Ina hatte eine Begonie mitgebracht. Sie war gelborange und strahlte in voller Pracht vor sich hin. Dicht an dicht saßen die Blüten, eine üppiger als die andere. Diese wunderschöne Begonie hieß Thea, eine Abkürzung für Theodora.

Carina freute sich sehr über die Mitbringsel ihrer Freundinnen. Liebevoll gab sie den beiden Blumen einen Ehrenplatz auf der Fensterbank ihres Begonien-Fensters. Dort standen nun die beiden, noch ziemlich allein. So einsam, fühlten sich die beiden etwas verlassen.

„Spürst du auch diese schöne, liebevolle Atmosphäre?", begann Thea ein Gespräch mit ihrer Blumennachbarin. Sie atmete tief durch und reckte und streckte sich.

„Ich glaube, hier werde ich mich sehr wohlfühlen!", seufzte sie.

Frieda sah sich mürrisch um.

„Noch ziemlich leer hier", murrte sie. Etwas neidisch schaute sie auf Thea, die sich sofort heimisch zu fühlen schien. Sie selbst traute sich nicht, sich auszubreiten. Sorgsam war sie darauf bedacht, all ihre Blüten und Blätter unter Kontrolle zu halten. Das war ganz schön anstrengend.

„Woher kommst du?", fragte Thea.

„Von einer Fensterbank im Esszimmer in der Schleiermacherstraße", antwortete Frieda zurückhaltend.

„Ich komme aus einem Wohnzimmer in der Parkstraße. Dort stand ich zusammen mit vielen anderen Blumenfreundinnen im Erker einer Altbauwohnung. Es war so sonnig und hell. Hoffentlich ist es hier auch hell. Ich liebe die Sonne. Ohne sie kann ich nicht leben", plapperte Thea einfach drauf los.

„Übertreibe doch nicht so! Man kann auch ohne Sonne leben. Sieh mich an. Ich bin die ganze Zeit ohne Sonne ausgekommen!", entgegnete Frieda streng.

„Ohne Sonne?" Theas Stimme klang erschrocken. Man spürte, dass sie sich nicht vorstellen konnte, wie man als Begonie ohne Sonne leben kann.

„Ja, Olga mag keine Sonne. Sie zieht immer die Rollos runter, sobald etwas Sonne in den Raum scheint. Manchmal vergisst sie, die Rollos wieder hochzuziehen, dann ist es am Tag fast genauso dunkel wie in Nacht, wenn der Mond scheint", berichtete Frieda.

„Und du bist gar nicht krank geworden?", fragte Thea mitfühlend.

„Oh nein, meine Blätter waren zwar nicht mehr so saftig grün und meine roten Blüten wuchsen nicht mehr so prächtig. Und manchmal fielen sie ab, einfach so, aber mir ging es gut", sagte Frieda, doch ihre Stimme klang teilnahmslos und mechanisch.

„Du bist ohne Sonne ausgekommen?" Thea konnte es immer noch nicht glauben.

„Aber wir Begonien sind doch Sonnenkinder. Wir brauchen die Sonne, so wie die Menschen die Liebe und die Freude brauchen!" Thea schüttelte ihre Blüten.

„Menschen brauchen Liebe und Freude?" Frieda begriff gar nicht, was Thea von ihr wollte.

„Wie kommst du nur darauf?", fuhr sie fort, „Olga brauchte auch keine Liebe und Freude. Sie ist viel allein. Wenn sie Besuch bekommt, sind das immer Menschen, die stöhnen und schlechte Laune haben. Sie hadern mit ihrem Schicksal und sehen genauso düster aus wie ihre Kleidung. Olga ist immer froh, wenn die Menschen wieder gehen. Sie ist gern allein, hört ihre Musik und denkt viel nach."

„So etwas kenne ich nicht", entgegnete Thea. „In meiner Wohnung war es immer hell. Es wurde wunderschöne Musik gespielt, und die Menschen in meiner Wohnung haben viel gelacht. Tina hat gesungen und getanzt. Sie war immer guter Laune. Manchmal hat sie mit mir gesprochen und mich geneckt. Ich hatte einen Platz auf der Fensterbank, an dem den ganzen Tag die Sonne schien. Von dort aus konnte ich auf die Parkstraße sehen und da war immer etwas los. Oh, ich liebte es so sehr, dort zu leben. Ob es uns hier wohl gut gehen wird? Ich werde sie so vermissen, meine Leute!"

Verwundert schaute Frieda Thea an. Welche Emotionen! Sie hatte nie solche Emotionen gehabt. Früher vielleicht einmal, aber das war lange her. Ja, wenn sie genau überlegte, war das in der Zeit, bevor sie zu Olga kam. Da stand sie in einer Gärtnerei unter vielen anderen Geschwistern. Die Sonne schien ihnen auf ihre Köpfe und sie quatschten und lachten den ganzen Tag. Doch das war vor einer ganzen Ewigkeit. Es fiel ihr schwer, sich bei Olga einzuleben. Diese schreckliche Musik ging ihr durch jede Faser ihres Seins. Sie vermisste ihre Geschwister. Doch daran wollte sie nicht denken.

„Ich habe nur Heimweh!", tröstete sie sich damals. Es war nicht nur ihr Heimweh, die dunkle Stimmung von Olga, diese Farben der Tapete, diese Menschen, die immer nur stöhnten und jammerten und wenn sie lachten, lachten sie so merkwürdig, als wäre es gar nicht echt, diese Dunkelheit, all das machte ihr zu schaffen.

Frieda ergab sich in ihr Schicksal und tat das, wofür Blumen geboren werden, sie vertraute darauf, dass alles so richtig ist, wie es ist, und versuchte zu blühen und zu wachsen. Dennoch machte ihr Dasein ihr wenig Freude.

„Was ist das für Musik?", fragte sie plötzlich, denn sie vernahm leise Töne. Diese Töne sprachen etwas in ihrem Innern an. Plötzlich fühlte sie etwas, was sie lange nicht mehr gefühlt hatte.

„Ja, eine wunderschöne Musik, nicht wahr? Ina nennt sie immer ‚ihre Mantren'. Sie hat diese Musik oft gespielt. Immer, wenn es in dem Zimmer Streit gegeben hatte, hat sie schnell diese Musik eingelegt. Bald darauf war die ganze Stimmung nicht mehr dumpf und erregt, sondern einfach nur schön. Ich liebe diese Musik!", schwärmte Thea.

„Ja, die Musik ist schön, sehr schön!", seufzte Frieda.

Langsam begann sie sich zu entspannen. Ein leises Knistern ging durch ihre Blüten und Blätter. Sie begannen, sich nach der Sonne zu strecken und sich sehnsuchtsvoll auszubreiten.

Dann seufzte sie: „Ja, ich denke, ich werde mich hier wohlfühlen!"

Und plötzlich erinnerte sie sich daran, wie sehr auch sie die Sonne liebte.

Das Buch mit sieben Siegeln

Na klasse, da liegt sie nun, die Kurzanleitung zum Glücklichsein. Gestern noch war ich der Meinung, das ist genau das Buch, das ich jetzt lesen muss, nur weil es mir in der Buchhandlung am Nibelungenplatz ins Auge sprang und ich einfach nicht daran vorbeigehen konnte. Schwupp, schon hatte ich das Buch gekauft, ohne zu ahnen, auf was ich mich da einlassen würde.

Und jetzt liegt es hier, grinst mich an und macht mich ratlos. Was hatte ich mir nur dabei gedacht? „Kurzanleitung zum Glücklichsein", als ob es so etwas geben könnte! Der Haupttitel des Buches lautete „Das Buch mit sieben Siegeln". Wie passend, genauso kommt mir dieses Buch jetzt vor, wie mit sieben Siegeln verschlossen, lediglich geeignet zur Bewunderung des säuberlich aneinandergereihten Buchstabenkunstwerkes in meiner Hand.

Okay, ein Buch mit sieben Siegeln! Eigentlich hört sich das doch gut an. Sieben Siegel lösen heißt so viel wie: Ich kann die Geheimnisse, die da auf mich lauern, knacken! Schließlich liebe ich Detektivgeschichten, und die alten Geschichten von Schatzsuchern und ihrer Suche nach verlorenen Schätzen sind meine Leidenschaft. Mit ein bisschen Fantasie und Intuition sollte es doch wohl möglich sein, die Geheimnisse des Buches zu lüften.

Nun, je eher daran, desto eher davon. Es ist wohl am besten, ich beginne sofort! Wenn ich es nicht tue, wird das Büchlein im Bücherregal mit der Aufschrift

„Lese ich später" verschwinden, und wer weiß, wann es dann wieder den Weg in meine Hände findet. Das kann Jahre später sein. Kurz entschlossen setze ich mich in meinen Lieblingssessel und begebe mich auf Schatzsuche.

Siegel Nummer 1 – Ich bin der Schlüssel.

Ich, der Schlüssel? Ich bin neugierig. Der Text verrät mir, dass wir unsere Einstellungen und vorgefertigten Meinungen von einer Sache prüfen und ablegen müssten, um eine Sache oder die Angelegenheit offen und wertfrei betrachten zu können.

Ja, genauso habe ich es mir gedacht. Immer bin ich schuld, wenn etwas nicht klappt. Ja, und Vorstellungen und Erwartungen legt man auch mal ganz einfach so in eine Ecke. Und schon macht es klick und wupp und ich bin frei von meinen Vorurteilen und kann mich ganz wertfrei mit einer Angelegenheit auseinandersetzen.

Schöne Soße. Als ob das so einfach wäre und als ob ich es nicht schon seit Jahren versuchen würde. Meine Einstellungen zu manchen Alltagsherausforderungen kamen mir vor wie in Stein gemeißelt. Solch ein Beharrungsvermögen hatten sie. Dinge verändern? Naja!

Aber natürlich, ich bin der Schlüssel, denn es bin ja ich, die etwas verändern will. Super, erstes Siegel geknackt!

Siegel Nummer 2 – Ich will es.

Na klar will ich es. Wer will denn nicht glücklich sein? Wir wollen doch alle glücklich sein, oder etwa nicht? Jeder von uns versucht doch, auf seine Weise glücklich zu werden.

Stopp, das ist zu einfach. Lieber den Text noch einmal studieren. Bestimmt versteckt sich etwas anderes hinter dieser Floskel!

Also ehrlich, der Text gibt nicht gerade viel her. Nur wenn wir eine Sache wirklich wollen würden, könnte es funktionieren. Wirklich wollen! Sich etwas mit ganzem Herzen wünschen.

Gab es so etwas? Wann habe ich das letzte Mal etwas so gewollt, dass mein Herz vor lauter Aufregung überfließt und mein Gesicht strahlt, nur weil ich an das Objekt meiner Begierde denke?

Also, erlebt habe ich es schon mal, irgendwann einmal, doch wann?

Siegel Nummer 3 – Ich fühle es.

Und schon sind wir bei Siegel Nummer 3 – Ich fühle es. Wie kann man etwas wollen und es gleichzeitig fühlen? Wie etwas fühlen und genau wissen, was man fühlt?

Jeder Gedanke, jeder Wunsch, jedes Wort, so steht in dem Büchlein, ist mit einem Gefühl verbunden. Ich muss gerade an das wohlige Gefühl denken, das mich noch nach so vielen Jahren Ehe immer überkommt, wenn Martin mich in die Arme nimmt. Aber das ist sicher nicht gemeint.

Vielleicht das Rätsel, warum ich immer so in Wut gerate, wenn ich den Namen meines Onkels nur höre oder warum einige Geschichten mich so traurig machen und andere mich zum Lachen bringen?

Lohnt es sich wirklich, darüber nachzudenken, was man in welcher Situation fühlt und warum man es fühlt?

Soll ich es mal probieren? Einmal so richtig fühlen, so mit Ach und Schmach?

Ich werde es probieren, schließlich ist an zu viel Fühlen noch niemand gestorben. Was also kann mir passieren?

Siegel Nummer 4 – Ich weiß es.

Keine Frage soll mehr in einem sein, steht da. Wenn man etwas wirklich weiß, gibt es keine Fragen, es gibt nur Ruhe. Also ehrlich, welch ein Mensch kann so etwas schreiben?

In meinem Kopf gibt es ein pausenloses Gezwitscher von Fragen und Gedanken. Wie oft habe ich mir schon gewünscht, ich könnte diese Lärmbelästigung in meinem Kopf endlich einmal abstellen.

Allerdings manchmal, da muss ich dem Autor recht geben, da weiß auch ich plötzlich Dinge mit einer Sicherheit und einer Klarheit, ohne zu verstehen, woher ich diese Information bekommen habe. Trotzdem weiß ich in diesen Momenten genau, es ist wahr und es ist richtig. Bisher dachte ich immer, dieses Schätzchen nennt sich Intuition?

Siegel Nummer 5 – Ich übe.

Liebevoll sollen wir mit uns umgehen. Nicht ungeduldig werden und uns nicht gedanklich niedermachen, sondern ruhig und gelassen die neuen Verhaltensmuster üben, so lange, bis sie uns in Fleisch und Blut übergegangen sind.

Ja, ich weiß. Ist doch bekannt. Beim Autofahren denkt man schließlich auch nicht mehr darüber nach, welchen Gang man gerade einlegen muss. Ich habe lange geübt. Jetzt funktioniert alles ganz automatisch. Früher musste ich immer darüber nachdenken, was es für meine Füße zu tun gibt, heute höre ich Musik und konzentriere mich auf die Straße. An meine Füße denke ich kaum noch.

Die Idee, etwas mehr Geduld mit mir zu haben, gefällt mir gut. Sie trifft den Nagel auf den Kopf.

Ich gerate immer sehr schnell in Wut, wenn ich etwas will und es nicht gleich klappt. Mit ein wenig mehr Ruhe und Gelassenheit könnte ich meine Wutattacken vielleicht überlisten. Damit würde ich dann meiner Fehlervermeidungsstrategie zu einer Chance verhelfen, toleranter zu sein und dann … würde sie mir zu mehreren Trainingsanläufen verhelfen und ich würde nicht alles gleich hinschmeißen, nur weil es beim ersten Mal nicht klappen will.

Siegel Nummer 6 – Ich wende an.

Naja, ganz so einfach ist es nun wohl doch nicht, jedenfalls nicht immer.

Zwar erkenne ich oft, was das Richtige für mich ist und wende es auch an, wie zum Beispiel beim gesunden Essen, aber schwupp, bin ich wieder in den alten Gewohnheiten drin. Und dort beweise ich ein ausgeprägtes Verharrungsverhalten. Oder ist das noch üben, nicht anwenden?

Mich liebevoll korrigieren – ein schöner Gedanke.

Siegel Nummer 7 – Ich schaffe es.

Aha, Siegel Nummer 7 ist also der Knackpunkt. „Ich schaffe es!", setzt das nicht eine positive Grundeinstellung zu sich und seinem Leben voraus? Und wo soll ich die herbekommen? Wenn ich die hätte, läge dieses Büchlein doch wohl noch in der Buchhandlung, oder?

„Ich schaffe es!" – Also, wenn ich mir die Worte so auf der Zunge zergehen lasse, hören sie sich wesentlich kraftvoller an als mein Lieblingssatz: „Okay, ich versuche es mal. Vielleicht kriege ich es ja hin."

Ich bin fertig. In kürzester Zeit habe ich das Buch durchgearbeitet. Jetzt bin ich glücklich!

Leider nicht. Aber immerhin weiß ich, dass ich glücklich sein kann. Jedenfalls, wenn ich es will und wenn ich es fühle und wenn ich weiß, ich bin glücklich!!! Auch wenn mal etwas schiefgeht, darf ich trotzdem glücklich sein!

Wer weiß, mit etwas Übung und stetigem Wiederholen ist es ja vielleicht tatsächlich möglich, meine persönliche Glücksgefühlsrate etwas zu steigern.

Auf jeden Fall hat das Buch mich zum Nachdenken gebracht. Man bedenke, vor einer Stunde wollte ich es noch in die Ecke stellen.

Vielleicht ist es ja gar nicht so schwierig, glücklich zu sein? Trotz der vielen, vielen Hindernisse, die mich immer davon abhalten, könnte ich es doch wenigstens versuchen.

Wie war das noch? Ich bin der Schlüssel, ich will es, ich fühle es, ich weiß es, ich übe es, ich wende es an und ich schaffe es.

Bleibt nur noch eine Frage: „Was ist eigentlich Glück?"

Schwarze Tulpen

„Was hat mich nur geritten, schwarze Tulpen zu pflanzen. Ausgerechnet schwarze Tulpen!", seufzte ich nachdenklich. Es war Freitagnachmittag. Eine anstrengende Arbeitswoche im Büro lag hinter mir. Ich saß auf der kleinen Terrasse meiner Erdgeschosswohnung mit Minigarten und freute mich aufs Wochenende.

Ein Blumenbeet trennte die Terrasse von einer großen Rasenfläche, die alle Bewohner des Hauses gemeinsam nutzten. Das Blumenbeet war nicht sehr groß, vielleicht zwei Meter mal vier Meter, doch ich liebte es über alles. Nichts tat ich lieber, als nach Feierabend im Garten zu werkeln. Die Kombination der Pflanzen hatte ich mit Bedacht gestaltet. Stauden, die im Sommer blühen würden, wie Flox und Sonnenhut, wechselten sich ab mit Frühjahrsblühern und Herbstastern. Einige Küchenkräuter bildeten den Abschluss. Die Krokusse und Schneeglöckchen hatten schon ausgeblüht, nun streckten die Vergissmeinnicht und Sonnensternchen ihre hübschen Köpfe in die Sonne. Mittendrin schwarze Tulpen!

An einer kleinen Mauer, die meine Terrasse von der Nachbarterrasse trennte, leuchteten einige rote und gelbe Tulpen. Sie waren schon fast verblüht, während die schwarzen Tulpen sich zu hochstieligen Schönheiten entwickelt hatten. Ja, schön sahen sie aus, edel, fast majestätisch und schwarz ...

Was hatte mich beim Pflanzen im letzten Herbst nur dazu bewogen, ausgerechnet diese Blumenzwiebeln in die Erde zu setzen?

Das vergangene halbe Jahr war anstrengend gewesen, erst meine eigene OP, die mich ziemlich aus der Bahn geworfen hatte, dann der Unfall meiner Mutter. War das der Grund? Meine Narben waren längst verheilt und auch Mutti hatte sich gut erholt.

Oder waren es Vorahnungen, Gedanken der Vergänglichkeit – ein Versuch, mein Inneres über Blumen auszudrücken?

Eine Operation konfrontiert einen mit der Endlichkeit des Seins. Die Narkose, das Einschlafen und Aufwachen und die Frage: Was ist, wenn ich nicht wieder aufwache?

Schnell schob ich die Gedanken beiseite. Alles war gut verlaufen, planmäßig. Wir haben gute Ärzte. Und Mutti hatte sich wieder gefangen, war umgezogen ins Altengerechte Wohnen und fühlte sich dort wohl.

Was war es dann, was hatte mich so sehr erschüttert und mein inneres Gleichgewicht so durcheinandergewirbelt, dass ich schwarze statt bunte Tulpenzwiebeln für mein geliebtes Blumenbeet gekauft hatte?

Blumenzwiebeln treiben jedes Jahr erneut aus. Trotzdem hatte ich mir angewöhnt, jeden Herbst einige neue Blumenzwiebeln in den Boden zu stecken. Wenn mich die ersten Blüten mit ihren lieblichen Gesichtern anlächelten, ging mir das Herz auf. Der Frühling begann und die lange, dunkle Jahreszeit war endlich vorbei.

Innerhalb weniger Tage, ja manchmal, wenn es sehr warm war, sogar innerhalb weniger Stunden blühte es im Garten. Das Gras auf der Wiese hinter dem Garten erstrahlte in einem frischen Grün, die Bäume bildeten einen zarten grünen Flaum und in den Hecken und Büschen zwitscherte und tschilpte es. Mit diesem Erwachen der Natur erwachte auch ich aus meinem Winterschlaf.

An einem Tag im Spätherbst kam Willis Brief in mein Haus geflogen. Hatte womöglich dieser Brief mich bewogen, den Frühling mit schwarzen Tulpen zu begrüßen?

Willi und ich, das war eine eigene Geschichte. Wir hatten uns geliebt, früher, nicht wie ein Liebespaar, nein, eher platonisch. Während der Kindheit und auch noch während der ersten Studienjahre, doch dann verloren wir uns aus den Augen.

Habe ich es bedauert, damals? Manchmal vielleicht – in stillen Stunden. Doch wann war es in meinem Leben schon mal still?

Und dann dieser Brief, nach zwanzig Jahren, in dem stand, dass du Leberkrebs hast. Ich hatte nicht gewusst, dass du so krank gewesen bist. Ich hatte es nicht einmal geahnt. Du warst immer so lustig, so guter Laune und voller Pläne. Für immer wollte ich dich so in Erinnerung behalten. Für immer so!

Mein Herz weigerte sich, sich vorzustellen, dass du alt geworden bist, so wie ich, und krank. Leberkrebs, ohne Hoffnung auf Heilung. Nein, ich wollte dich nicht krank sehen, mit der Gewissheit, dass du sterben musst. Dieser Gedanke tat einfach zu weh.

Willi, ich habe dich geliebt, viel mehr, als du es vielleicht jemals geahnt hast. Aber Freundschaften gehen auseinander. So ist das Leben.

Bis heute hatte ich es vermieden, mich mit dir zu treffen. Immer hatte ich meinen vollen Terminkalender vorgeschoben. Schwarze Tulpen, wie ein Mahnmal meiner Feigheit kamen sie mir plötzlich vor. Mein Verhalten hatte nichts mit Liebe zu tun. Es war einfach feige.

Feige – die Bewusstwerdung meiner eigenen Feigheit bei der Konfrontation mit den elementaren Themen des Lebens machte mich betroffen. Jetzt wusste ich, warum mich die schwarzen Tulpen so erschüttert hatten. Sie erinnerten mich an meine Hilflosigkeit und mein Unvermögen, das Lebensschicksal eines Menschen so zu akzeptieren, wie es ist.

Die Angst vor Krankheit und Siechtum und letztendlich vor dem Tod verursachte einen schalen, fast bitteren Geschmack in meinem Mund. Mein Magen verkrampfte sich. Wie aus dem Nichts heraus fühlte ich mich leidend.

Ich hatte nicht gelernt, offen mit den manchmal unangenehmen Themen wie Krankheit und Tod umzugehen. Stattdessen versteckte ich mich hinter fadenscheinigen Ausreden, die bei Tageslicht betrachtet nichts weiter waren als Zeugen meiner Feigheit.

Warum nur musste ich plötzlich an Willi denken? An meine Jugend, an die Leichtigkeit des Lebens, an die Unbeschwertheit unserer Freundschaft? Und an meine eigene Feigheit?

Noch ehe dieser Tag zu Ende gehen würde, wollte ich das ändern, mich ändern, um nicht zu verzagen, wenn die Stürme des Lebens auch bei mir Einzug hielten. Nein, so wollte ich nicht sein. Noch heute wollte ich Willi anrufen und mich mit ihm treffen.

Die schwarzen Tulpen machten mich so traurig und doch wuchs in mir das Vertrauen in meine Kraft, sie zu akzeptieren, wie sie sind – majestätisch und schön, wie das Leben trotz seiner manchmal gefühlten Schrecklichkeit.

Es klingelte an der Haustür, der Postbote kam. Er überreichte mir ein kleines Paket und einen Brief – der Brief trug einen Trauerrand.

Gib jedem Tag eine Chance

Neulich, ich lag noch in meinem Bett und wusste nicht genau – war ich schon wach oder schlief ich noch? Es war die Stunde zwischen Tag und Nacht.

Während ich noch überlegte, wo ich mich eigentlich befand, beobachtete ich den Tag dabei, wie er sich für mich ankleidete.

„Für mich?" Ich erschauerte freudig. Der Tag machte sich für mich bereit?

Er stand vor einem riesigen Spiegel mit einem goldenen Rahmen und war wunderschön.

„Schade, dass du nicht so hinausgehen kannst, in deiner ganzen Pracht, mit all diesem Licht und den wunderschönen Farben", hörte ich eine Stimme sagen.

„Wie soll sie dann eine Chance bekommen, die Schönheit dieses Tages zu erkennen?", antwortete der Tag.

„Auch wenn ich mich ihr so zeige, wie ich bin, sie würde es nicht erkennen!", fuhr er fort.

Die Stimme des Tages war warm und weich. Er gähnte genüsslich und streckte sich vor dem Spiegel.

„Gib mir den dunklen Umhang, der Regen bringt!", sagte er lächelnd.

„Für wen machst du dich zurecht?", fragte die andere Stimme. Es war eine Frauenstimme – hell, glockenklar und wunderschön.

„Für Anna-Lena. Weise Worte haben gestern ihr Herz berührt. Ich will prüfen, ob sie die Worte wirklich verstanden hat!", sagte der Tag.

„Welche Worte?", wollte die Stimme wissen.

„Gib jedem Tag die Chance, der schönste Tag in deinem Leben zu werden!", antwortete der Tag.

„Und dann willst du den dunklen Mantel tragen?" Die liebliche Stimme klang empört.

„Wenn die Sonne das Land in ihr sanftes Licht taucht, ist fast jeder Mensch bereit, den Tag freudig zu begrüßen. Komme ich jedoch mit Wolken und Regen, ist man leicht versucht, die eigene Verstimmtheit auf den Tag zu projizieren."

„Du forderst Anna-Lena heraus?!" Die helle Stimme klang überrascht, aber auch ein klein wenig amüsiert.

Der Tag schmunzelte. Inzwischen hatte er sich sein dunkles Cape umgelegt. Augenblicklich bekam das Licht um ihn herum einen Grauschleier. Lustige kleine Wolken flogen um ihn herum und zwinkerten ihm zu.

„Nicht herausfordern, meine Liebe! Mit ihr spielen! Schau, unter dem Mantel trage ich einen goldenen Schal. Immer, wenn trotz der Wolken ein Lächeln über ihre Lippen huscht, hole ich ihn heraus und die Sonne badet Anna-Lenas Welt für einen Moment in strahlendem Licht."

Die Frauenstimme seufzte: „Anna-Lena ist noch nicht genesen. Du weißt, die Schleier der Depression hielten sie für lange Zeit gefangen!"

„Du irrst, meine Liebe! Sie war es, die sich diese Schleier selbst umgelegt hat, um sich eine Weile aus der hektischen Welt zurückziehen zu können", antwortete der Tag nachdenklich. Langsam wandte er sich um und sah in die Richtung, aus der die Frauenstimme kam.

„Jetzt übertreibst du aber!", schimpfte die Stimme, „Anna-Lena war überfordert. Und jetzt meinst du, sie mit Regenwolken erfreuen zu können?"

„Ja, mein Herz!", lachte der Tag. „Wie das Dunkle in der Seele mit jedem Lächeln an Farbe gewinnt, so wird jedes Lächeln und jedes kleine bisschen Freude über den heutigen Tag ihr Herz weicher und empfänglicher machen. Niemand kann gleichzeitig lächeln und traurig sein. Ein Lächeln bringt Freude ins Herz und jedes noch so kleine Quäntchen Freude gibt mir die Chance, der schönste Tag in ihrem Leben zu werden."

Der Tag strahlte, obwohl die Regentropfen auf seinem Gesicht aussahen wie kleine Tränen.

„Schau, was ich für sie vorbereitet habe!", lachte er und zeigte auf einen Koffer.

„Oh, du nimmst den Koffer mit!", freute sich die liebliche Stimme, „den Koffer mit den Wundern und Taggeheimnissen. Das wird ihr gefallen!"

Die Stimme klang wie eine liebliche Melodie, fast wie ein Lied, so himmlisch schön und glücklich. Dann verstummte sie.

„Was trägst du in der anderen Hand?", fragte sie.

Der Tag lachte: „Keine Sorge, meine Liebe. Es ist nur die Augenbinde. Falls Anna-Lena trotz der vielen Wunder und Taggeheimnisse die Schönheit des heutigen Tages nicht sehen will, wird sie sie brauchen."

„Bitte, lass sie hier!", bat die helle Stimme.

„Mein Liebe, du weißt, das geht nicht. Der Mensch entscheidet selbst, was er erleben will. Einen Tag voller Freuden und Lachen, obwohl das Leben manchmal alles andere als erfreulich ist und viele Herausforderungen bereithält, oder ob der Mensch trotz eines wunderschönen Tages sein Wohlbefinden in Trübsal taucht.

Ich habe alles dabei. Schau nicht so traurig, mein Herz, selbst wenn Anna-Lena heute traurig ist, kenne ich genügend Tricks, um ihr Lächeln immer wieder hervorzuzaubern. Wichtig ist nur, dass sie mir eine Chance gibt!"

Der Tag drehte sich vor dem großen Spiegel. Der goldene Schal blitzte vorwitzig unter dem dunklen Cape hervor. Augenblicklich verwandelte sich das Bild. Lustige kleine Sonnenstrahlen tobten herum und tauchten den Tag und die kleinen dunklen Wolken in ein zauberhaft warmes Licht.

„Ich muss los, mein Herz. Die Nacht geht und der Tag beginnt", sagte er und winkte zum Abschied. Dann war er verschwunden. Zurück blieb der große kristallene Spiegel mit dem goldenen Rahmen.

Und ich – in meinem Bett – mit dem Wunsch, heute, ja genau heute dem Tag die Chance zu geben, der schönste Tag in meinem Leben zu werden.

Über die Autorin

Telse Maria Kähler wurde 1954 in Lübeck geboren. Seit 1993 lebt sie in Isenbüttel bei Gifhorn. Sie ist verheiratet und hat zwei erwachsene Kinder.

Um ihrem technisch-analytischen Beruf etwas entgegenzusetzen, begann die Informatikerin, Kurzgeschichten und Romane zu schreiben. Später kamen Ratgeber hinzu.

Nach der Kurzgeschichtensammlung „Die Suche nach dem Taggeheimnis" folgt nun ihr zweites Buch mit Kurzgeschichten.

„Der zweite Wind" symbolisiert die Kraft der Veränderung, wenn das Leben einer Frau nach der Familienphase neue Fahrt aufnimmt.

Weitere Bücher

Eisprinzessin sucht Liebe – Roman
Wenn sich Beruf und private Gefühle vermischen, gerät das Leben schnell aus den Fugen. Zeit, die eigene Krone neu aufzurichten!

In Sandalen nach Alaska – Roman
Beim Englischlernen begegnet Nina dem Amerikaner Paul. Dann zeigt sich, dass sie eine gemeinsame Vergangenheit haben.

Im Land der Großen Wasser – Roman
Annas spannende Suche nach den Weisheiten der Indianer führt sie zu sich selbst und einer neuen Liebe.

Die Suche nach dem Taggeheimnis –
Kurzgeschichten
Eine Auswahl von Kurzgeschichten: fantastische und realistische, komische und traurige, eingebunden in eine Rahmenhandlung, die erzählt, wie eine Frau zum Schreiben kam und nicht mehr davon lassen konnte.

www.telse-maria-kaehler.de